Carolas Reise

Gudrun Krohne

Carolas Reise

Gudrun Krohne

Bibliografische Information der Deutschen Nationalbibliothek:
Die deutsche Nationalbibliothek verzeichnet diese Publikation
in der Deutschen Nationalbibliografie. Detaillierte bibliografische
Daten sind im Internet über dnb.dnb.de abrufbar.

TWENTYSIX – Der Self-Publishing-Verlag
Eine Kooperation zwischen der Verlagsgruppe Random
House und BoD – Books on Demand

Herstellung und Verlag:
BoD – Books on Demand. Norderstedt

ISBN: 978-3-740732820

Foto: Regina Weißkopf

In die Nacht

Es ist der 24. Dezember und ich bin allein zu Hause. Ich heiße Carola und stehe am Fenster meines gemieteten Häuschens und schaue in den Garten. Eigentlich gibt es da nichts zu sehen. Es ist schon fast dunkel. Nur die Straßenlaterne vor dem Gartentor verbreitet ein milchiges Licht. Halt, Lady, meine vierbeinige Freundin, ist noch da. Sie liegt auf ihrer Decke neben meinem Fernsehsessel und wartet darauf, dass ich mich zu ihr setze und ihr den Bauch kraule. Sie ist zufrieden, denn sie hat ihre abendliche Futterportion schon bekommen. Jetzt zucken ihre Pfoten und sie winselt im Traum. Ob sie träumt, wie sie Nachbars Katze durch den Garten auf einen Baum hetzt?

Bis zuletzt hatte ich gehofft, dass mich doch noch jemand aus der Familie einladen würde. Die ersten 49 Jahre meines Lebens war ich an Heiligabend bei meinen Eltern, die letzten Jahre davon nur bei meiner Mutter. Mein Vater ist vor sieben Jahren an Krebs gestorben. Die Gäste hatten gewechselt: Wir Kinder, also mein Bruder, meine Schwester und ich, mit Oma und Opa. Wir Kinder mit Oma. Mein Bruder mit seiner ersten Frau, meine Schwester mit ihrem Mann, ich allein. Mein Bruder mit seiner zweiten Frau, meine Schwester mit Familie, ich mit meinem Mann, ich wieder allein. Die vier Konstanten waren meine Mutter, meine Schwester, mein Bruder und ich. Mein Bruder lebt schon seit fünfzehn Jahren mit seiner Familie in Leipzig. Nein, einmal war ich auch nicht dabei. Ich war krank und mein Mann hat sich zu ihnen allein mit dem Auto durch einen schlimmen Schneesturm gekämpft.

Im letzten Jahr Weihnachten lag meine Mutter im Sterben. Damit ich nicht allein sein musste, hatte meine Schwester mich Heiligabend zu sich eingeladen. Das erste Mal Heiligabend ohne Mutter aber wenigstens in Familie.

Am Morgen des 27.12. starb meine Mutter.

Meine Geschwister und ich waren nie das, was man unter ein Herz und eine Seele versteht, aber ich dachte, jetzt würde die Familie enger zusammenrücken. Manchmal ist das ja so. Meine Familie gehört nicht zu "manchmal".

In der Adventszeit hatte ich dieses Jahr meine Wohnung mehr halbherzig als wirklich weihnachtlich gestimmt mit Räuchermännchen, Sternen und allerlei anderen Figuren geschmückt. Aber wie gesagt es war nur der Jahreszeit geschuldet und nicht, weil ich in Weihnachtsstimmung war.

Auf meiner Anrichte stehen vier Weihnachtskarten, eine von der Telekom, eine von meinem Toyota-Autohaus, eine von meinem SOS-Patenkind aus Chile und eine von meiner Nichte. Sie ist die Tochter meines Bruders und hat schon eine eigene Familie. Wir telefonieren hin und wieder miteinander. Vielleicht hätte sie mich eingeladen, aber sie wohnt in Stuttgart. Das ist mit Lady im Zug einfach zu weit. Mit dem Auto fahre ich so lange Touren nur ungern. Vor einigen Jahren bin ich auf der Autobahn mit einem Brummi kollidierte. Der Unfall ging relativ glimpflich ab, aber der Schrecken und die Angst sind geblieben.

Es ist also der 24. Dezember und ich bin 51 Jahre, wie unschwer nachzurechnen ist und ich bin allein. Aber ich will nicht allein sein. Jedenfalls nicht in meiner Wohnung allein und nicht am 24. Dezember. Draußen allein sein ist etwas Anderes, draußen ist man nie ganz allein. Und wenn die Menschen nicht zu mir kommen, werde ich zu den Menschen gehen.

Also packe ich meinen Wanderrucksack. Da ich selbst noch nicht weiß wohin und wie lange, stopfe ich Pullover, Unterwäsche, Socken und Zahnbürste in den Rucksack. Dazu ein paar Portionen Hundefutter. Linke Außentasche eine Wasserflasche für mich, rechte Außentasche eine Wasserfla-

9

sche für Lady, in die kleine Aufsatztasche das Trinkschüsselchen für Lady und ein paar kleine Plastiktütchen, falls Hundis Hinterlassenschaft auf der Straße doch mal mehr als nur eine Pfütze sind.

Vor dem Kleiderschrank stehe ich unschlüssig. Ich muss mich warm anziehen. Es sind minus fünf Grad. Erst einmal meine bequemen Jeans. Noch vor einem halben Jahr saß die Hose ziemlich eng, jetzt hängt sie an mir. Schwarzer Unterziehrolli und mein dickster Pullover – ein Troyer. Den Reißverschluss kann ich zur Not bis zu den Ohren hochziehen. Das sollte warmhalten. Dazu meine dicksten Wandersocken und die hohen Wanderschuhe. Ich fühle mich gegen die zu erwartende Kälte einigermaßen gewappnet. Dicker Schal, feste Handschuhe, das warme Basecap mit den ausklappbaren Ohrenschützern und mein Lederparka. Ich weiß nicht, wo es hingeht und ob ich heute noch ins Warme komme, aber jetzt kann mir die Kälte nicht so bald etwas anhaben.

Bevor ich losgehe, schiebe ich mit einem etwas schlechten Gewissen noch Ladys Maulkorb in die Aufsatztasche des Rucksacks, gleich griffbereit neben ihre Trinkschüssel und den Plastiktüten. Es ist eine innen gepolsterte, schwarze Manschette, die über die Schnauze geschoben und von zwei Bändern gehalten wird, die hinter den Ohren zusammengeklickst werden. Lady mag das Ding überhaupt nicht. Es ist immer ein kleiner Kampf, ihr den Maulkorb anzulegen. Aber für eine so ungewisse Tour nehme ich ihn dann doch lieber mit. Es ist mir schon passiert, dass mich ein Busfahrer abgewiesen hatte, weil Lady den vorgeschriebenen Maulkorb nicht trug.

Ganz zum Schluss stecke ich noch meine Zigarettenschachtel und ein Feuerzeug in eine meiner Jackentaschen.

Eine hundertstel Sekunde schwebt meine Hand über dem Autoschlüssel. Doch Auto ist inakzeptabel. Da wäre ich ja wieder allein, aber ich will zu den Menschen.

Also gehe ich mit Lady und meinem Rucksack in die Nacht. Das Haus und das Gartentor verschließe ich sorgfältig. Ich laufe einfach los. Ohne weiter nachzudenken schlage ich den Weg nach Oranienburg ein.

Zuerst geht es noch einmal ein Stückchen durch den Wald und ich lasse Lady frei laufen. Schnell ist sie in der Dunkelheit meinen Blicken entschwunden. Als ich zur Straße komme, leine ich sie wieder an.

Die Einfamilienhäuser rechts und links sind weihnachtlich geschmückt. Manche geschmackvoll, andere empfinde ich als blanken Kitsch. Bei einem Haus schüttelt es mich regelmäßig, wenn ich daran vorbeikomme. Der drei Meter große aufblasbare, von innen heraus leuchtende Weihnachtsmann und ein ebensolcher Schneemann erschrecken mich eher, als dass sie mich weihnachtlich stimmen.

Als ich über die Havelbrücke laufe, plätschert der Fluss ganz leise unter mir. Er hat an den Rändern eine weiße Eishaut bekommen. Noch widersteht die Strömung dem Frost. Wenn die langfristige Wetterprognose stimmt, wird zumindest der Lehnitzsee bald zugefroren sein.

Ich gehe immer geradeaus.

Nach einer halben Stunde stehe ich in Oranienburg vor der Post. Ich schaue über die Straße zum Bahnhof hinüber. Warum eigentlich nicht? Ich entschließe mich, den ersten Fernzug zu nehmen, der abfährt – wohin auch immer.

Fehlanzeige – kein Fernzug von Oranienburg, nur Regionalzüge. So leicht gebe ich aber nicht auf – nie.

Also beschließe ich, mit der S-Bahn nach Berlin zu fahren und von dort aus weiter. Spontan fallen mir Gesundbrunnen, Potsdamer Platz und der Hauptbahnhof ein.

Ich krame in meinem Rucksack und angle drei Hundefutterbröckchen hervor, ein quadratisches, ein herzförmiges und ein knochenförmiges. Das Quadrat ist der Potsdamer Platz, das Herz Gesundbrunnen und der Knochen ist der Hauptbahnhof. Lady frisst den Hauptbahnhof als Erstes. Damit ist die Entscheidung gefallen. Auf zum Hauptbahnhof.

Am Fahrkartenschalter kaufe ich nur eine Hinfahrkarte für mich und Lady. Schließlich weiß ich nicht, wann und aus welcher Richtung ich zurückkommen werde.

Die Frau am Schalter sieht mich mürrisch an. Sicher wäre sie auch lieber zu Hause, würde die Kerzen am Weihnachtsbaum anzünden und Geschenke auspacken, als hier Fahrkarten zu verkaufen.

Ich lächle sie an. Und da lächelt sie zurück. Und als ob auch Lady etwas Trost spenden wollte, springt sie auf, legt ihre Vorderpfoten auf das Brett vor dem Schalter und schaut die Frau durch die Scheibe hindurch hechelnd an. Da muss diese laut lachen, greift unter ihren Tisch und schiebt mit der Fahrkarte ein großes Hundeleckerli durch die Fensteröffnung.

Ich wünsche ihr einen baldigen Feierabend und ein harmonisches Weihnachtsfest.

Der S-Bahnsteig ist fast leer. Nur wenige Menschen warten dort auf die nächste Bahn.

Ich fahre oft mit der S-Bahn nach Berlin, um mich mit Freundinnen zu treffen oder zu diversen anderen Freizeitaktivitäten. Gewöhnlich verteilen sich die potentiellen Fahrgäste über den ganzen

13

Bahnsteig. So sind die Deutschen nun mal. Jeder beansprucht seinen Quadratmeter Standfläche. Sie verteilen sich lieber weitläufig über den Bahnsteig, als womöglich zu eng mit anderen Menschen zusammenzustehen. Unter Umständen werden dafür sogar längere Wege in Kauf genommen.

Gewöhnlich tun die Deutschen dieses, aber heute ist nicht "gewöhnlich". Heute ist Weihnachten. Und als hätten sie sich abgesprochen, stehen sie alle im mittleren Wartebereich. Zwar drängen sie sich nicht aneinander, aber es drängt sie zueinander.

Auch die wenigen, die nach mir auf den Bahnsteig kommen, schließen sich dem Grüppchen hier in der Mitte an.

Da ist die schmächtige, kleine Frau im schwarzen Nylonmantel mit ihren zwei Töchtern. Sie sehen so erbärmlich verfroren und bedürftig aus, dass man gar nicht hinschauen mag. Trotzdem sind die Kinder froh gestimmt. Sie albern herum und necken sich, auch wenn ich kein Wort der fremden Sprache verstehe.

Dann das ältere Ehepaar. Sie halten einen Plastikklappkasten zwischen sich. Er ist bis obenhin vollgepackt und mit einem Tuch abgedeckt. Es hat sich an einer Seite etwas verschoben und die Ecke eines Päckchens in Weihnachtspapier schaut hervor. Werden sie von Kindern und Enkelkindern erwartet oder wollen sie in Berlin die Straßenkinder beschenken?

Ein Mann und eine Frau in unbestimmbarem Alter stehen zwei Meter entfernt. Sie gehören wohl nicht zusammen, den jeder schaut in eine andere Richtung. Neben ihr steht ein großer Trolley. Nervös schaut sie ständig auf die Uhr direkt über ihren Kopf. Der Mann hat einen leichten Rucksack über eine Schulter gehängt und stöpselt sich jetzt seine Ohrhörer rein.

Dazu gesellen sich nach und nach noch fünf weitere Personen. Unter anderem eine große Gestalt mit Wanderrucksack und kleiner Schäferhündin an ihrer Seite. Mit ihrem dicken Lederparka wirkt diese Person auf den ersten Blick recht kompakt. Dieser Mensch bin ich.

Die S-Bahn kommt, wir steigen alle in den gleichen Wagen und verteilen uns nicht allzu sehr. Ob das auf den anderen Bahnhöfen auch so ist?

Lady verschwindet gleich unter meinem Sitz und ist nicht mehr zu sehen. Als ich die ersten Male vor etwa vier Jahren mit ihr in der S-Bahn fuhr, hat mich das sehr genervt, wenn sie sich so ängstlich verkroch und ich habe versucht, ihr das abzugewöhnen und sie mit allerlei Leckerli hervorzulocken. Aber ist sie sonst wie ein Staubsauger, wenn es um Futter geht, so frisst sie in der Bahn nichts. Inzwischen habe ich mich an diese

15

ihre Eigenart gewöhnt und lasse sie unter dem Sitz liegen. Wenn sie sich da wohl und geschützt fühlt, habe ich das zu respektieren. So erziehen wir uns immer ein bisschen gegenseitig. Wobei ich schon aufpasse, dass ich mehr erziehe, als erzogen zu werden.

In Schönholz steigt ein junger Mann ein, der den "Straßenfeger" an den Mann oder die Frau bringen möchte. Niemand nimmt ihm ein Exemplar der Obdachlosenzeitung ab, mit deren Verkauf er sich ein bisschen Geld verdient. So weit geht das weihnachtliche Empfinden nun doch nicht.

Auch mich fragt er. Ich sage: "Eine Zeitung will ich nicht, aber einen Euro können Sie haben." Ich greife in die linke Tasche, wo ich immer ein paar Münzen habe.

Er lächelt mich an. "Danke", sagt er und: "Ziemlich leer heute hier. Wohl schon alle unterm Weihnachtsbaum."

Ich lächle zurück und zucke die Schultern.

Die S-Bahn hält. Er winkt mir beim Aussteigen noch einmal zu und wünscht mir frohe Weihnachten. Ich grüße zurück und wünsche auch ihm ein frohes Fest. Wie wohl sein "frohes Fest" aussehen mag? Ich hätte mich gern ein bisschen mit ihm unterhalten. Er wirkte intelligent und ansprechbar.

Ich muss wieder an die Leute auf dem Oranienburger Bahnhof denken. Was sie wohl am Weihnachtsabend dort hingeführt hat? Wo wohl ihr Ziel ist? Drei von ihnen waren mit größerem Gepäck unterwegs, haben also eine längere Reise vor sich.

Was bringt Menschen dazu am Heiligabend mit dem Zug unterwegs zu sein?

Eine Idee nimmt in meinem Hirn Gestalt an. Meine Neugierde ist geweckt. Ich wollte doch zu den Menschen. Was würde mich ihnen näherbringen, als wenn wir uns gegenseitig unsere Geschichten über unsere Reisen in der Heiligen Nacht erzählen würden? Vielleicht sind ja irgendwo im Zug die Heiligen Drei Könige unterwegs.

Jetzt habe ich zwei Ziele: Ich will zu den Menschen und ich will mit ihnen reden.

Hoffentlich halten sie mich nicht für eine übergeschnappte Spinnerin. Ich muss mir also eine kleine Taktik zurechtlegen. Ich versinke in angestrengtes Nachdenken.

In Berlin Friedrichstraße muss ich umsteigen. Eine Station bis zum Hauptbahnhof.

Als ich dort aussteige bin ich gespannt wie ein Flitzebogen. Jetzt beginnt das Abenteuer richtig. Mein erster Weg führt mich zum Fahrplan. Wohin fährt der nächste Fernzug?

Es ist 16.47 Uhr und der nächste Fernzug geht um 17.24 Uhr nach Hamburg. Das ist okay. Ein Zug nach Köln oder Nürnberg wäre schon komplizierter gewesen, denn ich habe den Hund dabei und weiß nicht, wie lange er es im Zug aushält.

Mein nächster Weg führt mich ins Reisecenter um den Fahrschein zu lösen. An der Tür ein unübersehbares Schild: Hunde müssen draußen bleiben. Das ignoriere ich jetzt einfach mal. Wo soll ich den Hund auch draußen festbinden? Wenn da schon so ein Schild angebracht wird, dann sollten auch ein paar Haken gleich neben der Tür sein an denen man die Leine anklicken kann.

Ich stelle mich geduldig in die Wartereihe. Niemand stört sich an Lady und sie stört niemanden.

Wirklich erstaunlich, wie viele Menschen an diesem Abend unterwegs sind. Ich begucke mir die Leute und sinniere, wo sie wohl hinwollen. Vielleicht ist jemand von ihnen nachher mit mir im gleichen Zug.

Endlich darf ich vortreten, um mein Reiseziel zu nennen. Die Frau auf der anderen Seite des Schalters schaut mich gleichgültig an und bearbeitet dann mit ihren zwei Zeigefingern die Tastatur des Computers. Ich schlucke ein bisschen, als sie den Preis für mich und Lady nennt. Aber was soll's. Das ist mein Weihnachtsgeschenk an mich selbst. Ich lasse mir auch noch eine Platzkarte in einem geschlossenen Abteil ausdrucken. Dort komme ich sicher eher mit den Leuten ins Gespräch, als in einem Großraumwagen.

Bevor ich das Reisecenter verlasse, schaue ich mich noch einmal um. Wenn ich jemanden im Zug wiederfinde, der auch hier eingestiegen ist, wäre das schon ein Anknüpfungspunkt für ein Gespräch.

Ich habe noch fünfzehn Minuten, bis mein Zug abfährt. An einem Imbissstand kaufe mir ein mit Mozzarella und Tomate belegtes Baguette und eine kleine Flasche Wasser. Beides verstaue ich in meinem Rucksack. Zwar habe ich dort schon eine Flasche, aber was ist schon ein halber Liter auf einer so unbestimmten Reise?

Der Hauptbahnhof ist nur dezent weihnachtlich geschmückt. Das gefällt mir. Keine mit Sternen, Engeln, Kugeln und Lametta behängten künstlichen Bäume, bei denen vor lauter Schmuck kein Grün mehr zu sehen ist.

Die Menschen hasten scheinbar ziellos hin und her. Einer rempelt mich mit seinem Trolley an und schaut auch noch vorwurfsvoll, als hätte ich mich völlig unerwartet direkt vor seinen Füßen materialisiert.

Ich sage. "Sorry, dass ich Ihnen im Wege stand."

Er stutzt, schaut etwas ratlos, weiß wohl nicht, wie er meinen Satz interpretieren soll. Dann murmelt er etwas Unverständliches vor sich hin und setzt seinen Weg eilig fort.

Lady läuft geduldig dicht neben mir. Ich weiß,

dass sie jetzt viel lieber auf ihrer Kuscheldecke gleich neben meinem Sessel zu Hause liegen würde. Aber daraus wird heute nichts. Jetzt gibt es kein Zurück mehr. In dieser Nacht werden wir beide nicht viel Schlaf bekommen.

Schließlich nehme ich den Fahrstuhl ins Untergeschoss des Hauptbahnhofes. Lady schaut etwas irritiert, als sich der Boden plötzlich abwärts bewegt, aber sie verhält sich ruhig. Immerhin ist ihr Frauchen dicht bei ihr und das gibt meinem Sensibelchen die nötige Sicherheit.

Unten angekommen orientiere ich mich auf dem Zugplan, in welchem Abschnitt des Bahnsteiges mein Platzkartenwagen hält. Ich muss zum Abschnitt D. Langsam gehe ich den Bahnsteig entlang. Es sind doch mehr Menschen hier, als ich erwartet hatte. Aber ich sehe gleich, dass nicht alle gesprächsbereit sein werden. Da ist zum Beispiel dieser Typ mit dem eleganten dunkelblauen Mantel, einen weißen Schal lässig um den Hals geschlungen. Sein breitkrempiger Hut verbirgt ganz offensichtlich schütteres Haar. So würde ich mir einen Theaterintendanten oder einen Sologeiger vorstellen.

Ich schaue auf die Uhr. Noch fünf Minuten. Bisher ist keine Verspätung angekündigt worden. Als hätte ich diesen Gedanken lieber nicht denken sollen, knackt es in den Lautsprechern. Aber meine

Befürchtung bestätigt sich nicht. In wenigen Minuten wird mein Zug einfahren. Außerdem verkündet uns die Lautsprecherstimme, wo sich der Erste-Klasse-Wagen und der Speisewagen befinden. Der Manteltyp setzt sich in Bewegung, dorthin wo die Erste Klasse zu erwarten ist.

Aber auch die anderen Wartenden werden unruhig. Sie greifen nach Taschen, Koffern und Rucksäcken, treten unruhig von einem Bein aufs andere und versuchen den Zug herbeizustarren. Schließlich werden sie belohnt. Der Zug schiebt sich langsam in den Bahnhof.

Lady sitzt bei Fuß neben mir und schaut dem Zug misstrauisch entgegen. Ich habe es nicht eilig, mich als Erste in den Zug zu drängen. Sollen alle anderen erst einmal einsteigen. Dann kann ich immer noch entscheiden, ob ich mich in mein Abteil setze oder mir einen anderen Platz suche.

Nordwärts

Es kostet etwas Überredungskunst, Lady die drei Eisengitterstufen zum Einstieg hinaufzubekommen. Aber ich bin darin geübt, meinen Willen durchzusetzen und endlich schleicht Lady sich mit angelegten Ohren und hängendem Schwanz in den Zug. Ich bleibe im Eingangsbereich stehen und warte, bis der Zug anruckt und den Bahnhof verlässt.

Ein bisschen komisch ist mir jetzt doch. Bis vor zwei Minuten hätte ich das ganze Vorhaben noch abbrechen können und in die Schublade, wo "hirnverbrannte Ideen" draufsteht, ablegen können. Jetzt rollt der Zug und ich kann nicht mehr zurück. Ich fahre in eine fremde Stadt, habe kein Hotel gebucht, habe überhaupt keine Vorstellung, was ich machen werde, am späten Abend, wenn ich dort ankomme. Kein rational, vernünftig und logisch handelnder Mensch würde so etwas tun. Aber will ich vernünftig, rational und logisch sein? Nein, will ich nicht.

Aber alles Hirnverrenken über Sinn und Unsinn meiner Reise ist jetzt zwecklos. Ich bin unterwegs, in Bewegung und das ist allemal besser als allein zu Hause zu sitzen und Trübsal zu blasen. Ich glaube ganz fest daran, dass ich irgendwo ankommen werde.

Ich gehe den Gang entlang und schaue im Vorbeigehen durch alle Türen. In meinem Abteil sitzt eine ältere Frau allein. Ich würde sie auf den ersten Blick weit über sechzig Jahre schätzen. Sie sitzt am Fenster und nimmt sich gerade ein Butterbrot aus einer hellroten Stullenbüchse. Der Becher der silbernen Thermosflasche ist abgeschraubt und steht neben der Plastikbüchse auf dem kleinen Tischchen am Fenster.

Vorsichtig schiebe ich die Tür auf und bugsiere mich und Lady ins Abteil.

Langsam dreht die Frau ihren Kopf zu mir. Ihre Augen blicken erschrocken und sie zuckt ein wenig zurück in ihre Fensterecke, als sie den großen Hund sieht. Sie macht den Mund auf, als wolle sie etwas sagen. Mein Lächeln und mein freundliches "Hallo!", lassen die Ablehnung unausgesprochen.

Mit einer Handbewegung weise ich Lady den Platz unter der gegenüberliegenden Sitzbank zu. Sie verschwindet auch gleich und ist wohl froh, sich dort in eine Art Höhle zurückziehen zu können. Braver Hund. Lieber Hund. Fein!!!

Die Frau ist beruhigt über diesen gehorsamen und jetzt unsichtbaren Hund und wendet sich wieder ihrem Essen zu. Zum ersten Mal bin ich richtig froh über Ladys ich-bin-gar-nicht-da-Taktik. Jede Charaktereigenart ist irgendwann zu irgendetwas gut... egal ob Hund oder Mensch.

Meinen Rucksack verstaue ich in der Gepäckablage, die Lederjacke kommt an den Kleiderhaken. Ich setze mich auf den Platz gleich neben der Tür und kann mein Gegenüber fast unauffällig mustern.

Müsste ich eine typische Oma beschreiben, würde ich diese Frau nehmen. Ihr rundes, rotwangiges Gesicht wird von einer frischen Dauerwelle umrahmt. Bestimmt war sie heute Vormittag noch beim Friseur, um sich für irgendjemanden hübsch machen zu lassen. Durch die grauen Haare schimmert am Scheitel die rosige Kopfhaut hindurch. Sie sieht zufrieden aus, wie sie dort mit gutem Appetit ihr Butterbrot kaut. Ihr schwarzer Pullover mit rundem Ausschnitt ist rechts und links mit einem Zopfmuster aus bunten Kordeln verziert. Ein Seidentuch in den gleichen Farben hat sie sich locker um den Hals gebunden. Eine dunkelbraune Stoffhose und schwarze Stiefeletten vervollständigen das Bild. Also keine Turnschuh-Jeans-Oma, sondern eine äußerlich ganz konservative.

Sie dreht den Verschluss der Thermosflasche locker und gießt sich den Becher voll. Die warme, dampfende Flüssigkeit verbreitet den Duft von

Früchtetee im Abteil. Das könnte mir jetzt auch gefallen. Warum habe ich nicht an Tee gedacht und mir stattdessen nur eine Flasche mit kaltem Wasser eingepackt? Ich mache mir eine Notiz in meinem Hirn. Für die nächste unvernünftige, irrationale und unlogische Reise.

Jetzt kramt sie in ihrer Tasche. Ich mag diese betulich beschäftigten alten Menschen. Das hat nichts mit Hektik und Nervosität zu tun, die mit Aktivitäten überspielt werden müssen. Diese älteren Menschen sind langsam, gewissenhaft und selbstsicher tätig. Sie haben nie tatenloses Herumsitzen oder Relaxen gelernt. Ihr Tun strahlt Beständigkeit und Zuversicht aus. Alles, was sie tun ergibt einen Sinn. Der Sinn des Kramens in der Tasche sind ein großer rotbackiger Apfel und ein Obstmesser.

Ihr Tätigsein ist ansteckend. Ich stehe wieder auf, zerre meinen Rucksack aus der Gepäckablage und suche meine Trinkflasche heraus. Ich nehme ein paar Schlucke und stelle die Flasche neben mich auf den Boden.

"Bekommt ihr Hund nichts zum Trinken?" Der sächsische Dialekt ist unverkennbar.

Ich schaue die Frau erstaunt an. Ihre Frage hat nichts Belehrendes oder Zurechtweisendes. Da ist nur jemand, der sich auch um die Bedürfnisse eines fremden Tieres kümmert. Jemand, der nicht nur an das eigene Wohlergehen denkt, sondern für den auch Tiere fühlende Kreaturen sind. Ihre Frage macht mir diese Frau sympathisch.

Ich antworte fast entschuldigend: "Leider ist meine Hundedame im Zug immer sehr nervös. Sie würde nichts trinken. Nicht mal die schönsten Leckerlis würde sie mir abnehmen."

"Hm, hm", kommt es skeptisch vom Fenster her.

Dann bricht sie wortlos ein etwa walnussgroßes Stückchen Butterbrot von ihrer Stulle ab und hält es vor den Sitz, unter dem nur der Hundeschwanz herausschaut. Ich lasse sie gewähren. Soll sie sich doch selbst davon überzeugen, dass Lady alles Fressen im Zug verweigert.

Unter dem Sitz entsteht eine zaghafte Bewegung. Drei Zentimeter schwarze, schnuppernde Hundeschnauze kommen zum Vorschein. Ganz vorsichtig, immer zum sofortigen Rückzug bereit, holt sich Lady mit vorgeschobenen Lippen das Stullenbröckchen ab.

"Ha", die Frau schaut mich triumphierend an.

Ich lehne mich verblüfft in meinem Sitz zurück und hebe wortlos die Schultern.

Lady bekommt noch zwei Happen Butterbrot. Und mit jedem Bissen wagt sie sich weiter hervor, bis schließlich ihr ganzer, wunderschön gezeichneter Kopf zu sehen ist.

"Ein sehr schönes Tier", sagt die Frau bewundert und tätschelt Lady ein bisschen den Kopf und krault sie hinter den Ohren. Dann wendet sie sich wieder ihrem Apfel zu und Lady verschwindet unter dem Sitz.

Der Apfel wird sorgfältig mit dem Obstmesser in der Mitte geteilt. Sie schneidet das Kerngehäuse heraus und entsorgt es im Abfallbehälter des Abteils. Ohne von ihrer Tätigkeit aufzuschauen, fragt sie mich: "Warum stellen Sie eigentlich ihre Trinkflasche nicht hier aufs Tischchen? Auf dem Boden ist es doch zu schmutzig." Und sie rückt ihre Sachen zusammen, so dass für meine Flasche ein Eckchen frei wird.

Irgendwie fühle ich mich von dieser fremden Frau bemuttert. Aber es stört mich nicht im Geringsten. Im Gegenteil, es gefällt mir.

Ich rücke weiter auf den mittleren Platz meiner Sitzbank, angle in meiner Hosentasche nach einem frischen Tempo, wische den Boden der Flasche ab und stelle sie auf das Tischbrett. Dabei lächle ich sie an. Aber sie schaut gar nicht zu mir, sondern ist weiter mit ihrem Apfel beschäftigt. Jetzt schneidet sie die zwei Hälften in Spalten und ordnet diese in den Deckel ihrer Brotbox.

Das Ganze erinnert mich an meinen Großvater, an Opa Retschun. Er war nicht mein richtiger Opa. Die Mutter meines Vaters hatte nach dem Krieg ein zweites Mal geheiratet. Für mich war dieser

Opa immer alt. Er ist mit 94 Jahren gestorben und da war ich erst 23 Jahre und habe gerade studiert.

Als Kind war ich am Nachmittag öfter bei meinen Großeltern. Nach dem Essen hat mein Opa immer ein Stündchen "Augenpflege" betrieben, wie er es nannte. Das heißt, er hat ein Schläfchen gemacht. Danach wurde Rommee gespielt. Wenn Oma anschließend in der Küche war, um Kaffee und Kuchen zu richten, hat er sich in seinen Ohrensessel neben den Kachelofen gesetzt und mir Geschichten erzählt. Außer mir wollte diese Geschichten niemand mehr hören. Meine Eltern haben gequält aufgestöhnt, wenn er in ihrer Gegenwart begann von seinen Erlebnissen im Ersten Weltkrieg zu erzählen. Mich haben diese Geschichten fasziniert. Nicht, dass mir das Thema Krieg so gefallen hat, aber mein Opa hat für meine Begriffe sehr interessant und anschaulich berichtet. Und es waren immer irgendwie lustige Begebenheiten und niemals hat er von den Grausamkeiten des Krieges erzählt und mein kindliches Gemüt belastet. Wie komme ich von der Apfel teilenden Frau zu meinem Großvater? Ach ja, er hat am späteren Nachmittag auch Äpfel aus dem eigenen Garten mit einem kleinen Taschenmesser in Spalten geschnitten, nachdem er ihn geteilt und hauchdünn abgeschält hatte. Davon hat er mir dann angeboten. Und ich habe diese, im Spätwinter schon recht welken, aber süß schmeckenden Apfelspalten als etwas ganz Besonderes angesehen.

Die Frau wischt ihr Obstmesser an einer Serviette sauber und bedient sich aus dem Stullenbüchsendeckel. Jetzt schaut sie mich doch an. Und als ob sie meine Gedanken und Erinnerungen an Opa Retschun gelesen hat, reicht sie mir den Deckel mit einem aufmunternden Lächeln. Ich lächle zurück und wähle mir ein rotschaliges Apfelstückchen aus. Artig bedanke ich mich.

Der Apfel schmeckt nicht nach kühlraumgelagerter Discounterware, sondern nach viel Sonne, etwas welk und sehr süß.

"Lassen sie mich raten", sage ich, " Sie haben einen eigenen Garten mit vielen alten, knorrigen Apfelbäumen."

Sie schaut mich überrascht an. "Woher wissen Sie das?", fragt sie.

"So schmecken nur Äpfel, die in einem kühlen Keller, sorgfältig in Stiegen gelagert werden", antworte ich.

Sie nickt. "Sie müssten mal mein selbstgemachtes Apfelmus probieren", sagt sie dann. "Leider kann ich nicht alle Äpfel verbrauchen. Und die Kinder machen sich nicht den weiten Weg von Hamburg bis nach Dresden wegen der paar Äpfel. Die kaufen lieber im Supermarkt. Das ist billiger und geht schneller."

Schwingt da ein leicht trauriger Unterton in ihrer Stimme mit?

Der Zug verlangsamt seine Fahrt, bis er schließlich mit quietschenden Bremsen hält. Wir sind in Berlin Spandau. Ob noch weitere Fahrgäste in unser Abteil kommen?

Menschen schieben sich im Gang vorbei. Alte, junge, mit viel und mit wenig Gepäck. Ich weiß nicht, ob ich mir wünschen soll, dass sich unser Abteil füllt oder doch lieber nicht. Bevor ich mich noch bei meinem Wünschen entschieden habe, bleibt eine Frau vor unserer Tür stehen und studiert die Reservierungsanzeige an der Scheibe. Neben ihr wartet geduldig ein etwa siebenjähriges Mädchen. Aus ihrem Rucksack schaut oben ein Plüschhund mit Schlappohren heraus. Die Frau hat sich entschieden und schiebt die Abteiltür schwungvoll auf.

"Guten Abend", grüßt sie. Ich schätze sie auf Mitte dreißig. Sie vergewissert sich noch einmal auf ihrer Fahrkarte und fährt dann fort: "Wir haben hier die Plätze 234 und 235." Ihre Aussprache verrät, dass sie an der Küste aufgewachsen ist. Ein "Fischkopp" würde man bei uns sagen.

Sie orientiert sich kurz. Es sind die Plätze neben der älteren Frau. Das ist mir ganz recht. So kann Lady ungestört von Fremden unter meiner Sitzbank bleiben.

Unsere neue Mitreisende wuchtet eine Reisetasche in die Gepäckablage. Ihrer Tochter weist sie den Platz neben der älteren Frau zu, nachdem sie sie von einer dicken, rosafarbenen Daunenjacke sowie Schal, Mütze und Handschuhe der gleichen Farbe befreit hat.

"Ich möchte aber am Fenster sitzen", protestiert das Mädchen leise.

"Den Platz haben wir nicht reserviert", antwortet die Mutter. "Vielleicht kommt da noch jemand anderes."

Das Mädchen macht einen Schmollmund und zieht den Plüschhund aus ihrem Rucksack, um ihn fest an sich zu pressen, als würde sie von ihm Beistand erhoffen. Der bleibt aber stumm. Hilfe kommt von anderer Seite.

Die ältere Frau wendet sich der Mutter zu. "Lassen Sie die Kleine doch am Fenster sitzen. Wenn den Platz jemand haben will, kann sie ja immer noch auf ihren reservierten wechseln."

Das Mädchen strahlt und schaut seine Mutter erwartungsvoll an.

"Na gut", sagt die. "Aber wenn jemand kommt, gibt's keine Diskussion."

Das Mädchen nickt eifrig. Für sie ist es jetzt erst einmal wichtig, ans Fenster zu kommen. Alles Weitere liegt noch in einer unbestimmten Ferne.

Und dann kann man ja immer noch versuchen, seinen Willen durchzusetzen. Mit ihrem Kuschelhund im Arm setzt sie sich neben mich und lächelt die ältere Frau schüchtern an.

Ich tippe dem Mädchen leicht an die Schulter, warte, bis sie sich mir zuwendet und sage dann: "Du muss aber ein ganz klein wenig aufpassen. Unter dem Sitz reist nämlich noch jemand mit."

Sie schaut mich ungläubig an. Ich nicke bekräftigend. Vorsichtig beugt sie sich nach unten, bis ihre blonden Zöpfe fast den Boden berühren und schaut unter die Sitzbank. Mit einem überrraschten Laut fährt sie wieder hoch. Jetzt wird auch die Mutter aufmerksam und versucht von ihrer Position aus etwas unter dem Sitz zu erkennen, um wenn nötig, ihr Kind in Sicherheit zu bringen.

"Du brauchst keine Angst haben", beruhige ich das Kind und hoffe, dass das auch bei der Mutter ankommt. "Das ist Lady, sie ist ganz lieb und froh, dass sie da unter dem Sitz liegen darf. Vielleicht schnuppert sie mal ein bisschen an deinen Schuhen, aber bloß, weil sie mit dir Bekanntschaft schließen möchte."

Die Kleine überlegt einen Augenblick. Dann stellt sie mir auch ihren kleinen, schlappohrigen Hund vor: "Das ist Purzel. Er ist auch ganz lieb. Und nachts darf er bei mir im Bett schlafen. Darf deiner auch bei dir im Bett schlafen?"

Ich muss lachen. "Nein, Lady darf nicht bei mir im Bett schlafen. Da wäre ja kein Platz mehr für mich. Sie schläft auf einer Decke vor dem Bett. Aber manchmal kuscheln wir auf dem Fußboden."

Das Mädchen schaut wieder unter den Sitz und überlegt wohl, wie es wäre, mit so einem großen Hund auf dem Fußboden zu kuscheln.

Aus einem Augenwinkel sehe ich, dass die Mutter sich entspannt zurückgelehnt und die Situation als ungefährlich eingestuft hat.

In diesem Augenblick wird die Tür ein weiteres Mal aufgeschoben. Die Köpfe wenden sich dem Neuankömmling zu. Ein älterer Mann, bestimmt hat er die sechzig schon lange überschritten. Obwohl er nur um die ein Meter siebzig groß ist, hat er etwas Einschüchterndes an sich. Alle Anwesenden drücken sich etwas fester an ihre Rückenlehne, mustern die kompakte Gestalt verstohlen, vermeiden aber direkten Blickkontakt. Er sieht uns an und sieht uns doch wieder nicht an, schaut sich kurz im Abtcil um und sagt dann zur Fensterscheibe: "Ich habe einen Platz am Fenster reserviert. Nummer 233."

Das Mädchen schaut hinter sich an die Sitzlehne. Dann verzieht sie das Gesicht und tut so, als wäre der Mann nicht da. Seine Augenbrauen schnellen missbilligend hoch, als er sieht, dass niemand ihm Platz machen will. Zwischen seinen Augen bildet sich eine tiefe Falte, die keinen Widerspruch duldet. Das Mädchen steht langsam auf. Ich ziehe meine Beine unter den Sitz, so dass sie einigermaßen ungehindert an ihren eigenen Platz kommt. Bevor der finster blickende Mann sich zum Fenster durchdrängen kann, schiebe ich meine Beine wie unbeabsichtigt wieder vor, so dass er drüberwegsteigen muss. Hätte er nicht dem Kind den Platz lassen können?

Leute, die immer und überall ihr Recht durchsetzen müssen und nicht mal großzügig darauf verzichten können, sind mir ein Graus. Zu oft schon habe ich unfreiwillige Bekanntschaft mit solchen Zeitgenossen machen müssen.

Inzwischen ist es draußen stockfinster. Und weder er noch das Mädchen können durch die Fensterscheibe auch nur das Geringste erkennen. Vielleicht mal ein paar vorbeihuschende Lichter, wenn der Zug an einem Dorf vorbeihastet.

Ich will dem Mann nicht mal Böswilligkeit unterstellen. Wahrscheinlich kommt es einfach in seinem Weltbild und in seinem Verständnis der Dinge nicht vor, auf diesen Fensterplatz zu Gunsten eines Kindes zu verzichten. Er hat den Platz reserviert, also gehört er ihm. Punkt, Ende, aus! Eigentlich traurig, wenn jemand so in seinen Vorstellungen gefangen und erstarrt ist, dass es ihm nicht möglich ist, einmal spontan zu handeln. Wahrscheinlich ein Schachspieler.

Ich hoffe, ich werde nicht auch mal so. Aber so lange ich noch solche Reisen wie jetzt unternehme, über die "vernünftige" Leute nur den Kopf schütteln würden, bin ich wohl noch meilenweit von dieser ich-bin-nicht-offen-für-spontane-Handlungen-Mentalität entfernt.

Seinen Hut und Koffer bringt er in der Gepäckablage unter. Den dunkelgrauen Mantel hängt er an den Kleiderhaken am Fenster, nachdem er sorgfältig das Äußere nach innen gekehrt hat, so dass nichts beschmutzt werden kann. Er setzt sich neben mich, kerzengerade und schaut aus dem Fenster. Da gibt es im Moment aber auch rein gar nichts zu sehen. Aber vielleicht studiert er auch nur die Spiegelbilder der anderen Mitreisenden, was ich nun aber auch nicht glaube. Ich denke eher, wir sind ihm total gleichgültig und keiner Aufmerksamkeit wert.

Ob ich nun will oder nicht, auch ihn muss ich über Ladys Anwesenheit informieren. Ich räuspere mich. Er schaut aus dem Fenster und reagiert nicht.

Ich sage: "Unter unserem Sitz reist noch jemand mit." Er schaut aus dem Fenster und reagiert nicht.

Ich sage etwas lauter: "Unter ihrem Sitzt liegt

35

ein Hund." Vielleicht hört er ja schwer. Er schaut aus dem Fenster und reagiert nicht.

Die ältere Frau fuchtelt mit dem Obstmesser vor seinem Gesicht herum, bis sie seine Aufmerksamkeit hat, deutet dann mit dem Messer unter seinen Sitz und sagt: "Da liegt ein großer Hund drunter. Passen Sie bitte auf."

Er schaut sie kurz an, brummt eine unverständliche Antwort und wendet sich wieder dem Fenster zu.

Es ist ein bisschen kälter geworden im Abteil. Ich glaube nicht, dass das an der messbaren Temperatur liegt. Es liegt wohl eher an der Ausstrahlung des Mannes. Er ist umgeben von einer Art negativer Energie. Schade! Gerade hatte ich mir vorgestellt, wie ich mit der älteren Frau mein Gespräch fortsetzen könnte und nach und nach auch die junge Frau und ihre Tochter mit einbeziehen würde. Nun wird es weitaus schwieriger werden. Aber was wäre das Leben ohne Herausforderungen? Wenn ich passive Beschaulichkeit gewünscht hätte, würde ich jetzt zu Hause vor meinem Fernseher sitzen und nicht hier im Zug.

Ich versuche den Mann diskret aus dem Augenwinkel heraus zu mustern. Das ist gar nicht so einfach mit einer Gleitsichtbrille. Damit es nicht ganz so auffällig ist, angle ich nach meiner Wasserflasche und trinke drei Alibischlucke, bevor ich sie wieder auf das Tischchen am Fenster stelle.

Unter seinem Walrossbart lassen sich tiefe Falten erahnen. Die Mundwinkel sind herabgezogen. Vielleicht auch nicht. Aber diese Art von dichtem Vollbart, der nur um den Mund herum wachsen darf, vermittelt mir Unnahbarkeit gepaart mit Verbissenheit und einer Spur Arroganz. Unter dem dunklen Anzug trägt er ein anthrazitfarbenes Hemd mit dünnen hellblau weißen Streifen, dessen oberster Knopf offen ist, darüber einen dunkelblauen Pullunder mit V-Ausschnitt. Mit einer gepflegten Hand schiebt er sich mit einer abgezirkelten Bewegung das dünne Metallgestell seiner Brille auf der Nase zurecht. Alles in allem vermittelt er den Eindruck, als hätte er zu Hause eine treusorgende Ehefrau, deren einziger Lebenszweck darin besteht, ihm das Leben angenehm zu gestalten.

Im Abteil ist es still. Nur das gleichmäßige Rattern des Zuges ist zu hören. Es ist mir zu still. Es ist keine Stille der Geborgenheit, der inneren Ruhe und Ausgeglichenheit. Es ist eine Stille, die Unruhe und Anspannung schafft.

Der Zeitpunkt ist gekommen, etwas zu tun. Etwas zu tun, bevor sich alle Mitreisenden mit dieser Atmosphäre abgefunden haben und nicht mehr bereit sind, aufeinander einzugehen und sich mitzuteilen.

"Sie kommen aus Dresden?" Mit dieser Frage wende ich mich wieder der älteren Frau zu und knüpfe somit an unser vom haltenden Zug unterbrochenes Gespräch an. Mit einem Lächeln bitte ich sie, mir zu helfen die drückende Stille zu beenden.

Hat sie mich verstanden oder hat sie selbst ein Gespür für ungute Energien oder will sie einfach nur freundlich sein und sich mitteilen? Wie auch immer, sie antwortet mir mit einem leisen Lächeln, das mich vermuten lässt, dass sie meine Initiative begrüßt, mit der ich den Bann der Stille gebrochen habe.

"Ich komme aus Pirna", sagt sie. "Das ist ganz in der Nähe von Dresden."

Ich kenne Pirna ein bisschen. Im Sommer 2003 bin ich auf meiner Fahrradtour den Elberadweg entlang durch Pirna gekommen. An den Häusern in Elbnähe waren noch die Spuren des Hochwassers vom August 2002 zu sehen. Noch in einer Entfernung von fast einhundert Metern vom Fluss war der Außenputz der Häuser bis zum ersten Stock abgeplatzt. Die Bilder, die das Fernsehen jeden Tag gebracht hatte, waren plötzlich zum Leben erwacht und bekamen Gesichter, als ich mich mit einigen Ladenbesitzern unterhielt.

Ich erzähle der Frau von meinen Erlebnissen in Pirna und frage sie, ob sie auch vom Hochwasser betroffen war.

"Nein zum Glück nicht", sagt sie, "wir wohnen in Pirna Copitz. Das ist ein höher gelegener Stadtteil. Aber wir sind jeden Tag zur Brücke gelaufen und haben uns das Hochwasser angeschaut. Damals lebte mein Mann noch." Den letzten Satz fügt sie leise hinzu.

Die junge Frau und das Mädchen haben die ganze Zeit interessiert zugehört. Der Mann am Fenster ist das personalisierte Unbeteiligtsein. Trotzdem entgeht mir nicht, dass er beim letzten Satz der Frau eine unwillkürliche Bewegung macht, als wolle er sich ihr zuwenden. Aber noch in der Entstehung stoppt er diese Regung ab. Er will nichts mit uns zu tun haben und wir sollen ihn in Ruhe lassen. Seine Botschaft an uns ist eindeutig. Na, wir werden sehen.

"Das ist aber schön, dass Sie zu Ihren Kindern nach Hamburg fahren können und Weihnachten nicht allein verbringen müssen", sage ich und denke, dass der schönste Teil von Weihnachten, nämlich Heiligabend, ja schon fast vorbei ist, wenn sie ankommt.

"Meine Tochter ist Krankenschwester und hat heute Spätdienst bis um 20.00 Uhr", erklärt sie, als hätte sie meine Gedanken gelesen, "und mein Schwiegersohn ist mit den Enkeln am Nachmittag bei seinen Eltern."

Das klingt einleuchtend.

"Ostern und Weihnachten laden sie mich immer ein", fährt sie glücklich strahlend fort. "Sie haben ein wunderschönes, sehr großes Haus, 210 Quadratmeter Wohnfläche, mit einem schönen Garten und einem Swimmingpool. Das ist natürlich für mich alte Frau nichts mehr, aber die Enkel planschen den ganzen Sommer drin rum. Mein Schwiegersohn arbeitet bei der Post." Jetzt kommt sie richtig in Fahrt. Möchte ihren Stolz auf die Tochter und deren Familie mit uns anderen teilen. "Er ist Briefzusteller. Eine sehr verantwortungsvolle Aufgabe."

Hallo? Krankenschwester und Briefzusteller? Wie geht das mit dem großen Haus mit Swimmingpool zusammen? Ich weiß zwar, dass die Leute im Westen mehr verdienen als die im Osten, aber da muss auch ein Westbriefzusteller viele Briefe austragen, um so ein Haus zu bauen.

"Da haben ihre Kinder wohl mal im Lotto gewonnen", wirft die jüngere Frau halb spaßhaft, halb ernst ein.

"Ach, Lotto. Das ist doch was für dumme Leute." Sie macht eine wegwerfende Geste. "Wenn meine Kinder auf einen Lottogewinn gewartet hätten, würden sie inzwischen im Zelt wohnen. Nein, nein. Ich habe ihnen ordentlich geholfen."

Kommt da von dem grimmigen Mann ein missbilligendes Brummen? Vielleicht auch nur eine akustische Täuschung oder ein unbeabsichtigtes Räuspern.

Ein kurzer Blick der älteren Frau zum Mann. Aha, sie hat das Brummen auch gehört und offensichtlich genauso interpretiert wie ich. Sie schaut mich an, erwartet von mir Unterstützung. Ich zucke nur vage die Schultern.

Dann wendet sie sich direkt an den Mann. Es bleibt ihm gar nichts weiter übrig, als ihr zuzuhören.

"Wissen Sie, was sollte ich mit dem vielen Geld. Vor dem Krieg hatten meine Eltern ein paar Wiesen und Äcker um Pirna herum besessen. Durch die Bodenreform wurden sie enteignet. Mein Mann und ich haben nach der Wende die Rückübertragung beantragt. Einiges davon wurde zu Bauland. Auf der einen Wiese steht jetzt ein Supermarkt. Das hat gutes Geld gebracht. Meinem Mann hat es nicht mehr viel genutzt. Er ist zwei Jahre später an Krebs gestorben. Aber meiner Tochter konnte ich noch etwas Gutes tun mit dem Geld. Ich habe ja sonst niemanden."

Er hat ihr halb zugewandt zugehört. Zwar will er mit uns nichts zu tun haben, aber er ist auch kein ungehobelter Klotz. Eine Grundsubstanz an Höflichkeit scheint auch er zu besitzen. Kommentarlos wendet er sich wieder dem Fenster zu.

Wahrscheinlich bereut er schon, sich überhaupt geäußert zu haben.

Die ältere Frau lässt sich aber ihre Vorfreude auf ihre Familie nicht verderben. Sie strahlt mich wieder an in der Zuversicht, dass ich vollstes Verständnis für ihre Handlung habe. Ich lächle still zurück.

"Wie alt sind denn ihre Enkel?", frage ich sie um das Gespräch am Laufen zu halten.

Dankbar für meine Frage, erzählt sie: "Es sind zwei Jungs, 10 und 13 Jahre alt. Der Große geht schon aufs Gymnasium. Der Kleine tut sich ein bisschen schwer beim Lernen, aber er ist fleißig und seine Lehrerin lobt seine Fantasie. Es ist gar nicht so einfach, solch großen Jungs das richtige Weihnachtsgeschenk zu machen. Die heutzutage mit ihrem Nintendo und Computerzeugs. Da sieht so eine alte Frau wie ich gar nicht mehr durch", sie schaut mich schelmisch an, denn sie fühlt sich natürlich nicht alt. Mein Lächeln vertieft sich und ich schüttele ganz leicht den Kopf. Sie fasst es als Bestätigung ihrer Selbsteinschätzung auf und lässt zufrieden über das Kompliment ihre Worte weiterlaufen.

"Wir haben uns ja früher noch über ein Paar neue Schuhe oder einen neuen Rock gefreut. Aber heute ist das anders. Ich frage vorher immer bei meiner Tochter an. Zum Glück macht sie schon vorher eine Geschenkeliste, wer was haben möchte. Oder sie besorgt die Sachen selbst und ich gebe ihr dann das Geld dafür. So ist es am allergünstigsten. Na und meine Tochter und ihr Mann freuen sich am meisten über Geld. Heutzutage ist ja alles so wahnsinnig teuer und dann können sie sich selbst was Schönes kaufen oder in Urlaub fahren."

Ihr ist anzusehen, dass sie Freude am Schenken hat. Sie schenkt nicht, um sich Zuwendung zu erkaufen, sondern um anderen eine Freude zu bereiten. Sie gehört zu den Menschen, die sich selbst Beschenken, wenn sie andere beschenken, denen die Freude anderer Glück bringt.

Hat irgendjemand das Recht, ihr diese Freude zu nehmen? Ich werde es jedenfalls nicht sein. So langsam beschleicht mich nämlich der Gedanke, dass sie von ihrer Familie ausgenutzt wird. Wenn die so ein großes Haus haben, könnten sie die alte Frau dann nicht öfter bei sich zu Besuch haben als nur Ostern und Weihnachten? Das sind so die Feiertage, bei denen sich eine Einladung kaum umgehen lässt. Aber ansonsten scheinen sie sich nicht viel um ihre Mutter zu kümmern.

Doch diese Gedanken scheinen ihr vollkommen fern zu sein. Sie lächelt einen Moment still vor sich hin, stellt sich wohl vor, wie sich alle über ihre Geschenke freuen werden.

"Für mich hat Geld nicht mehr diese Bedeutung.

Ich finde ja, dass Zeit das Allerwichtigste ist. Darum verschenke ich an die Jungs auch immer viel Zeit." Sie reibt die Hände aneinander, als sie sieht, dass wir anderen etwas ratlos sind. Wie kann man Zeit verschenken?

"Das ist doch ganz einfach", löst sie das Rätsel. "Ich male und schreibe jedem einen Zeitgutschein und dann unternehme wir ganz viel miteinander. Mal gehen wir ins Kino oder ins Museum, je nachdem was sich die Jungs wünschen. Und am Ende jeden Tages gibt's noch ein Schlemmeressen bei McDonalds. Ich persönlich mag ja diese weichen Schlabberbrötchen nicht. Aber die Jungs sind ganz verrückt danach und warum soll ich ihnen die Freude nicht machen?"

Ich bin total verblüfft über diese besondere Art des Schenkens. Zeit ist ein ganz außerordentlich kostbares Gut, von dem alle Menschen angeblich zu wenig haben. Das glauben die Meisten zumindest. Eine gemeinsame Unternehmung zu verschenken zeigt dem anderen, dass man ihn ganz besonders wertschätzt, denn man möchte mit dem Beschenkten einen Teil der eigenen knappen Zeit verbringen.

Die junge Frau nimmt ihre Tochter in den Arm und sagt: "Zeitgutscheine! Was für eine tolle Idee. Das muss ich mir unbedingt merken. Und ich weiß auch schon jemanden, dem ich damit eine

Freude machen könnte."

"Bekomme ich den Zeitgutschein?" Ihre Tochter scheint sich da ziemlich sicher zu sein. "Ich möchte ins Kino, nein lieber in den Tierpark oder nein, doch lieber ins Spaßbad. Am liebsten möchte ich überall hin! Och bitte, Mutti!"

Die Mutter lacht und gibt ihrer Tochter einen dicken Schmatz auf die Wange. "Das sind ja nun gleich drei Wünsche auf einmal. Das geht nun wirklich nicht. Aber vielleicht finden ja Onkel Klaus und Tante Heidi die Idee mit den Zeitgutscheinen auch so toll wie ich. Und wer weiß, vielleicht hat ja der Weihnachtsmann auch schon mal von Zeitgutscheinen gehört."

"Der Weihnachtsmann, der wird dran denken." Das Mädchen ist felsenfest überzeugt, dass der Weihnachtsmann ihr diesen Wunsch erfüllen wird, wenn schon die Erwachsenen es vergessen sollten.

Bestimmt wird die ältere Frau von ihren Enkeln geliebt und herbeigewünscht.

In meinem Kopf mache ich schon mal eine Liste, wen ich mit Zeit beschenken möchte. Da kommt einiges zusammen. Aber es muss ja nicht gleich bei allen auf einmal sein. Aber nicht zu lange verschieben, sonst fängt man nie an.

"Gern würde ich viel mehr mit den Jungs machen, aber ich bleibe ja nur drei Tage. Am achtundzwanzigsten fliegen sie alle nach Mallorca um dort Silvester zu feiern. Da kommt ihnen das Weihnachtsgeschenk gerade recht. Davon können sie das Hotel bezahlen. Ach, ich freu mich so für die Kinder, dass die sich mal was gönnen." So muss die gute Fee im Märchen gestrahlt haben, nachdem sie Cinderella mit dem Ballkleid beglückt hatte.

Vom anderen Fenster kommt wieder ein missbilligendes Brummen, das sich richtig gequält anhört. Mir liegt schon auf der Zunge, zu fragen, ob es ihm eventuell nicht gut geht und ich mich um einen Arzt kümmern soll. Wahrscheinlich würde er den Scherz nicht verstehen. Andererseits bin ich ja froh, dass er sich wenigstens irgendwie am Gespräch "beteiligt". Auch wenn er so tut, als wären wir ihm völlig gleichgültig, scheint er aufmerksam zu zuhören.

Er sitzt auch nicht mehr ganz so stocksteif da. Ein wenig unruhig rutscht er auf seinem Sitz hin und her und versucht es dann als bequemeres Hinsetzen zu tarnen. Aber mich kann er nicht täuschen. Er ist ein bisschen zugänglicher geworden und möchte sich an unserem Gespräch beteiligen. Da scheint ihm etwas auf der Zunge zu brennen, aber noch weiß er nicht, wie er es anstellen soll.

Schließlich hält er es nicht mehr aus. "Merken Sie nicht, dass Sie nur ausgenutzt werden?", poltert es aus ihm heraus. Na toll, Methode Holzhammer.

Die junge Frau und ich wechseln einen schnellen, besorgten Blick. Wie wird die ältere Frau diesen Angriff auf ihre heile Welt verkraften? Die scheint diese verbale Attacke überhaupt nicht auf sich zu beziehen. Ziemlich ratlos schaut sie zu uns anderen zwei Frauen. Wir tun ahnungslos. Was sollen wir dazu auch sagen? Wir haben beide wohl den gleichen Gedanken wie der Mann, würden das aber nie so brutal ausdrücken, wenn überhaupt. Warum der alten Dame die Weihnachtsstimmung verderben?

Aber es scheint nicht ihre Art zu sein, so etwas stillschweigend hinzunehmen. Sie wendet sich dem Mann zu und fragt höflich: "Was wollten Sie uns mitteilen?"

"Ich wollte Ihnen nichts mitteilen", das letzte Wort betont er übertrieben. "Ihre Familie nutzt Sie schamlos aus. Merken Sie das nicht?"

Die ältere Frau blinzelt irritiert. "Wie kommen Sie nur darauf, dass ich ausgenutzt werde? Nie hat mich jemand um etwas gebeten. Ich gebe alles freiwillig."

"Und, wünschten Sie sich nicht öfter als nur Weihnachten und Ostern eingeladen zu werden? Schließlich haben sie doch das Haus finanziert. Da kann man ja wohl etwas mehr Dankbarkeit erwarten." Seine Stimme ist hart mit einem verbitterten Unterton.

Aha, da hat offensichtlich jemand ein Problem mit der Dankbarkeit von erwachsenen Kinder den Eltern gegenüber. Ist er deswegen so verbissen?

"Dankbarkeit?" Sie lacht auf. "Sie denken doch wohl nicht, dass ich das tue, um Dankbarkeit zu bekommen? Ich tue es, um zu helfen."

"Ganze drei Tage zu Weihnachten haben die Sie eingeladen. Das ist doch ein Witz! Warum nicht bis über Silvester?"

"Da fliegen sie doch nach Mallorca. Und ich habe Angst vorm Fliegen. Aber zu Ostern bin ich eine ganze Woche eingeladen. Und dazwischen müssen sie eben arbeiten." Ich merke, wie sie langsam in eine Verteidigungshaltung gedrängt wird. Mir tut sie leid. Ich würde ihr gerne helfen, aber ich weiß nicht wie. Und ich muss auch an den Satz von vorhin denken, dass ihre Kinder lieber in den Supermarkt einkaufen fahren, als sich den Weg von Hamburg nach Pirna zu machen.

"Aber Sie sind doch noch ganz rüstig." Hat er ihr eben tatsächlich ein Kompliment gemacht? "Sie brauchen doch keine Pflege. Und Ihre Enkel würden sich bestimmt freuen, wenn Sie öfter was mit ihnen unternehmen."

"Das ist ja alles lächerlich. Sie kennen meine Kinder gar nicht." Es ist ihr anzumerken, dass ihre heile Welt ein paar Risse im Putz bekommen hat.

Er macht eine wegwerfende Handbewegung und wendet sich wieder dem Fenster zu. Wahrscheinlich bereut er es schon, sich überhaupt eingemischt zu haben.

Die emotionale Temperatur in unserem Abteil ist erneut um einige Grad gesunken. Wir fühlen uns alle auf die eine oder andere Weise unbehaglich. Die jüngere Frau und ich stimmen in Gedanken dem Mann in Ansätzen zu. Der Mann selbst hadert scheinbar mit sich, dass er seine Meinung überhaupt gesagt hat. Die ältere Frau wird versuchen die Gedanken, die der Mann in ihr ausgelöst hat, nieder zu halten.

Und wir anderen denken wohl auch über unsere eigenen Familien nach. Woher kommt bei dem Mann dieses Einfordern von Dankbarkeit der Kinder den Eltern gegenüber? Ist er da einmal enttäuscht worden? Oder viele Male enttäuscht worden?

Denkt die jüngere Frau vielleicht darüber nach, wie ihr kleines Mädchen sich ihr gegenüber in dreißig Jahren verhalten wird? Wird sie ein gern gesehener Gast sein oder nur geduldet? Wird sie ihr Geld für Tochter und Enkel aufsparen oder es für sich selbst verbrauchen?

Und ich selbst? Ich habe zwar keine Eltern mehr aber immer noch eine Restfamilie. Hatte ich nicht auch erwartet, dass mich jemand zu Weihnachten einlädt? Bin nicht auch ich von meiner Familie enttäuscht worden? Ja, sicher bin ich das. Aber es kommt doch darauf an, was man aus dieser Enttäuschung macht. Lässt man es zu, dass sie das gesamte Leben verdüstert und verbittert oder schiebt man die Enttäuschung nach einiger Zeit beiseite und geht wieder offensiv auf das Leben zu.

Es herrscht eine bedrückte Stimmung. Aber zumindest bei mir kann ich optimistische Tendenzen ausmachen.

Ich würde das Gespräch gern wieder in Gang bringen. Aber wo ansetzen? Da hängen noch immer die Anschuldigungen des Mannes in der Luft. Ich kann sie nicht einfach übergehen, nicht so tun, als wäre das nie gesagt worden. Vielleicht erwartet die ältere Frau auch eine Stellungnahme von mir, meine Meinung. Vielleicht erwartet sie, dass ich sie verteidige. Aber wie sollte mir das möglich sein?

Und derweil ich noch problemschwere Gedanken in meinem Hirn hin- und herschiebe, scheint die ältere Frau zu einem Entschluss gekommen zu sein. Sie steht mit einem Ruck auf, wendet sich der Gepäckablage zu und beginnt an ihrem Trolley zu zerren, den ihr wohl ein stärkerer Mitreisender nach oben gewuchtet hatte.

Will sie das Abteil verlassen? Will sie dem Anblick des Mannes entkommen, der ihrer heilen
Welt einen so empfindlichen Hieb versetzt hat?
Das täte mir leid. Ich habe die alte Dame schätzen
gelernt in ihrer betulichen und in sich ruhenden
Sicherheit. Ich würde ihr gern etwas Hilfreiches
sagen. Aber ich kann nicht. Darum stehe ich auf
und hebe ihr Gepäck herunter. Wenigstens das
kann ich für sie tun.

Entgegen meiner Erwartung steuert sie nicht
dem Ausgang zu, sondern setzt sich wieder. Sie
zieht den Reißverschluss des Trolleys herunter
und beginnt zu suchen. Das erinnert mich an den
Beginn unserer Bekanntschaft, als sie nach dem
Apfel kramte. Ob wieder etwas Leckeres, Essbares
zum Vorschein kommt?

Sie hält inne, schaut auf, schaut in die Runde
wie eine Zauberkünstlerin, die gespannte Aufmerksamkeit fordert, um ihren Clou angemessen
präsentieren zu können. Wir sind ganz Auge,
ganz Ohr. Und wie besagte Zauberkünstlerin das
Kaninchen aus dem Zylinder zieht, so zaubert sie
einen in Klarsichtfolie verpackten echten Dresdener Stollen aus ihrer Tasche.

Ohne jetzt noch viel zu zaudern, fährt sie mit
dem Obstmesser unter die Folie, reißt sie auf und
säbelt mit dem Messer handliche Stücke von dem
Stollen, der auf ihrem Schoß ruht. Sie bietet uns

den Kuchen der Reihe nach wortlos an. Wir nehmen dankend. Selbst der Mann greift mit einem für ihn jetzt schon typischen Brummen zu.

Dann sagt sie ihm zugewandt: "Na ja, irgendwie ist wohl ein klitzekleines Stückchen Wahrheit dran an dem, was Sie sagen. Aber ich denke, meine Tochter kommt gar nicht auf die Idee, mich öfter einzuladen. Vielleicht denkt sie, die Reise wäre zu beschwerlich für mich. Ich muss ihnen wohl einfach mal deutlicher sagen, wie wohl ich mich bei ihnen fühle."

Ich bin verblüfft. In meinen Gedanken habe ich ein zerbrochenes kleines Mütterlein gesehen. Dabei gingen ihre Gedanken ganz andere Wege und sind zu einem praktischen Schluss gekommen.

Ein Lächeln schleicht sich in meine Mundwinkel. Ich hebe den Blick von meinem Stück Stollen und schaue zu der jüngeren Frau hinüber. Sie lächelt zurück. Es muss ihr wohl ebenso gehen wie mir. Eben noch voller Sorge um die ältere Frau und nun ein erleichtertes Lächeln in den Augen.

Der Mann schaut die Stollenspenderin bei deren Worten nachdenklich an. Er öffnet den Mund, schließt ihn wieder, setzt erneut zum Sprechen an. Schließlich brummt er: "Machen Sie das."

Bestimmt hätte er noch gern seiner Skepsis Ausdruck verliehen. Aber jetzt kann ich etwas ganz

Erstaunliches beobachten. Er schaut forschend zu der jüngeren Frau. Die bewegt den Kopf ganz leicht von der einen Seite zur anderen und wieder zurück. Er akzeptiert dieses angedeutete Kopfschütteln und beginnt mit dem angeleckten Zeigefinger den Puderzucker von seiner Anzughose zu tupfen. Mein Lächeln vertieft sich. Kompensationshandlung nennt man das. Er ist nicht so richtig zufrieden mit dem Gedankenkompromiss der älteren Frau. Aber er hat sie zum Nachdenken gebracht. Und das ist doch immerhin schon etwas.

Sie bietet uns noch einmal von dem Stollen an und wir nehmen uns ein weiteres dickes Stück. Den kümmerlichen Rest verpackt sie mit den Worten: "Über zehn Jahre habe ich jedes Jahr zum Fest einen Dresdener Stollen mitgebracht. Es ist an der Zeit mit etwas Neuem zu beginnen."

"Es ist nie zu spät mit Neuem zu beginnen", sage ich. Es klingt ein bisschen phrasenhaft und darum füge ich noch hinzu: "Das gilt für jede Tradition und für jeden Menschen und für das Miteinander der Menschen." Nun ja, das ist auch nicht unbedingt weniger phrasenhaft. Aber ich kann es im Moment nicht besser ausdrücken.

Ich riskiere bei meinen Worten einen Seitenblick zu dem Mann. Er schaut kurz zurück, schluckt, brummt mal wieder und wendet sich dem Fenster zu. Da scheint jemand einen ganzen Sack voller

unbewältigter Probleme mit sich herumzuschlep-
pen.

Ich schaue auf die Uhr. Noch haben wir mehr
als zwei Stunden gemeinsamer Zeit vor uns, bis
der Zug in Hamburg ankommt. Ich hoffe, dass
keiner der Mitreisenden bei einem Zwischenhalt
aussteigt.

In dem Moment steht die jüngere Frau auf. Sollte sich meine Befürchtung so schnell erfüllen?
Aber sie greift nicht nach ihrer Jacke, sondern
zieht nur das Portmonee aus ihrer Handtasche.

"Möchte sonst noch jemand einen Kaffee?",
fragt sie und schaut in die Runde.

"Au ja, das wäre lieb", antworte ich. "Mit dem
Hund durch die Wagen zu laufen ist recht beschwerlich und allein würde Lady niemals hier-
bleiben", füge ich noch erklärend hinzu.

Sie schaut zu den anderen beiden Mitreisenden.

Die Frau schüttelt den Kopf. "Ich bleibe bei meinem Tee", sagt sie. "Kaffee ist für meinen Blut-
druck nicht gut."

Auch der Mann schüttelt den Kopf. "Kaffee aus
Pappbechern, nein danke."

Mein Gott, ist dieser Mensch überhaupt zu
Freundlichkeit in der Lage.

Die junge Frau zuckt die Schultern. Offensichtlich prallen diese Unfreundlichkeiten einfach
an ihr ab. Da muss jemand schon sehr mit sich

selbst im Reinen sein, um diese Unhöflichkeiten nicht auf sich selbst zu beziehen, sondern als Problem des anderen mit sich und seiner Umwelt zu interpretieren. Was mag sie wohl von Beruf sein?

Das Mädchen steht auf und möchte sich seiner Mutter auf den Weg durch den Zug anschließen. Diese weißt es aber mit einer Handbewegung auf den Platz zurück und sagt: "Janni, du bleibst hier. Im Zug gibt's ja doch nichts zu sehen."

"Och, Mami, hier ist es sooo langweilig." Janni verdreht theatralisch die Augen und bekommt unerwartete Schützenhilfe aus der Omaecke: "Nehmen Sie Ihre Tochter ruhig mit. Kinder müssen immer in Bewegung sein. Und wir passen auch ganz bestimmt auf Ihr Gepäck auf", fügt sie mit einem augenzwinkernden Schmunzeln hinzu

Die Mutter gibt sich geschlagen und seufzt: "Na dann los. Aber es wird weder nach Eis noch nach Schokoriegeln gequengelt."

Als die Beiden das Abteil verlassen haben, versinken wir anderen in Schweigen. Das Gespräch mit der älteren Frau hat sich scheinbar erschöpft. Und wie ich den Mann zum Erzählen bringen kann, weiß ich noch nicht. Das überlasse ich jetzt dem Zufall. Direktes Fragen hat bei ihm sicher wenig Sinn. Aber ich bin mir sicher, dass auch er eine interessante Geschichte zu erzählen hat.

Die Frau greift in den Deckel ihrer Stullenbüchse. Die Apfelspalten schon eine leicht bräunliche Farbe angenommen haben. Sie sieht meinen begehrlichen Blick und bietet auch mir an. Ich nehme mit einem dankenden Kopfnicken. Nach kurzem Zögern hält sie auch dem Mann das Obst hin. Er lehnt mit einem Kopfschütteln und einem Brummen, das man mit viel gutem Willen als "Nein danke." interpretieren kann, ab.

Wie kommt es nur, dass ich nichts Anderes erwartet habe? Dann rutscht er etwas hin und her auf seinem Sitz und greift doch zu. Nun bin ich ehrlich überrascht, dass er diese braunen Apfelstücke nicht verschmäht. Die herzliche Freundlichkeit der älteren Dame scheint etwas in ihm zum Klingen zu bringen, denn die Andeutung eines Lächelns verirrt sich in seine Mundwinkel. Ich vermute, dass er lange nicht gelächelt hat, denn es scheint so, als müsse er das erst wieder üben.

Wir kauen lange und ausgiebig auf unseren Apfelbissen herum. Es hilft, das Schweigen zu überbrücken. Aber irgendwann sind wir doch damit fertig. Gerade überlege ich, wie ich das Gespräch wieder in Gang bringen könnte, als die Abteiltür aufgezogen wird.

Janni kommt mit einem triumphierenden Lächeln herein. In der einen Hand hält sie ein Cornettoeis, an dem sie schon leckt und in der anderen Hand einen Marsriegel. So viel zu: "Aber gequengelt wird nicht." Ich finde es schön, wenn nicht alle Verbote unumstößlich sind.

Auch die ältere Frau lächelt und zwinkert Janni verschwörerisch zu. "Hast du es doch geschafft?", fragt sie und wir alle wissen, was sie meint.

"Na ja", antwortet ihre Mutter, denn Janni hat gerade den Mund voller Eis, "es ist doch Weihnachten." Dann reicht sie mir den Kaffeebecher. Ich bedanke mich, frage nach dem Preis und stehe auf, um mit einer Hand das Portmonee aus meinem Rucksack zu ziehen.

"Trinken Sie erst mal den Kaffee aus", sagt sie. "Dann können Sie mir immer noch die drei Euro fünfzig geben."

Bevor sie sich hinsetzt, angelt sie noch in ihre Hosentasche und holt eine Portion Kaffeesahne, ein Zuckerpäckchen und ein längliches Tütchen hervor.

"Ich wusste nicht, ob Sie schwarz trinken oder mit allem Drum und Dran und habe sicherheitshalber alles mitgebracht."

"Super!", freue ich mich und schütte Sahne und Zucker in meinen Kaffee. In dem Tütchen ist ein kleiner Plastikspatel zum Umrühren. Ich probiere den ersten Schluck der jetzt hellbraunen Flüssigkeit aus meinem Pappbecher und sage: "Gar nicht so schlecht. Es wird bestimmt eine lange Nacht. Da kann so ein Koffeinschub nichts schaden."

Ich spüre die forschenden Blicke der anderen. Der Zug ist um 19.27 Uhr in Hamburg. Selbst wenn ich noch einen Anschlusszug nehmen müsste, könnte die Nacht doch nicht SO lang werden. Aber ich mag noch nicht reden. Ich würde jetzt gern die Geschichte der jungen Frau hören. Vielleicht taut ja der Mann dann noch weiter auf und ist bereit von sich zu erzählen.

Aber noch bevor ich mein Vorhaben in die Tat umsetzen kann, wird der Zug langsamer. Eine Lautsprecherstimme teilt allen mit, dass der Zug in wenigen Minuten in Wittenberge halten wird. Wir schauen neugierig aus dem Fenster, als der Zug in den Bahnhof schleicht. Im Schein der Beleuchtung sind erste Schneeflocken zu sehen, die noch etwas unschlüssig herumschweben, bevor sie die dunkelgrauen Betonplatten des Bahnsteiges mit einem Tüpfelmuster versehen. Das Tüpfelmuster wird dichter und die Farben dort draußen wechseln von immer weniger dunklem Grau zu immer mehr Weiß. Vorbeihastende Menschen treten das durchsichtige Weiß zu hellgrauen, länglichen Matschflecken, so dass eine dritte Farbe entsteht, die aber nicht von langem Bestand sein wird, denn die Flocken fallen jetzt dichter und haben den Umfang von ganz kleinen Wattebäuschen erreicht. Und sobald der Bahnsteig zug- und menschenleer sein wird, werden die Schneeflocken ihn in Besitz nehmen und ihre Herrschaft wird genauso lange dauern, bis die nächsten wartenden Reisenden den nächsten Zug herbeisehnen.

Ich hoffe, dass nicht noch ein Zugestiegener den freien Platz beansprucht. Das würde alle weiteren Gespräche erschweren.

Der Zug ruckt an, die wenigen neuen Mitreisenden haben sich irgendwo verteilt und ich kann mich wieder der jungen Frau zuwenden.

Der Weg zur Mutter führt über die Tochter. Also frage ich Janni: "Wird denn der Weihnachtsmann auf dich warten oder hat er seine Runde schon beendet, wenn du bei Tante Heidi und Onkel Klaus ankommst?", schieße ich jetzt einfach mal ins Blaue.

Janni scheint es als ganz selbstverständlich hinzunehmen, dass ich über ihr Reiseziel so genau Bescheid weiß. Ihre Mutter zieht überrascht die Augenbrauen hoch, sagt aber nichts. Schließlich ist die Frage an Janni gerichtet.

"Der Weihnachtsmann weiß doch, wann ich bei Tante Heidi und Onkel Klaus bin. Also teilt er sich seine Tour so ein", belehrt sie mich.

"Da hast du Recht"; stimme ich ihr zu.

"Der Weihnachtsmann war doch erst bei Mama und den ganzen Omas und Opas im Altenheim. Und jetzt wartet er, bis auch wir angekommen sind", erzählt sie munter weiter. "Stimmt doch,

Mama", holt sie sich Unterstützung bei ihrer Mutter.

Die nickt nur und sieht mich mit einem wissenden Lächeln an. Ich fühle mich durchschaut. Aber sie scheint nichts gegen meine Absicht zu haben, denn ihr Lächeln vertieft sich und jetzt beteiligt auch sie sich an dem Gespräch: "Der Weihnachtsmann hat in den letzten Jahren schon Erfahrungen sammeln können. Wir fahren jetzt das dritte Mal in Folge über Weihnachten nach Lübeck."

Auch Lübeck kenne ich ein bisschen.

"Na da werdet ihr wohl mit einer Tasche voller Marzipan nach Hause fahren", sage ich zu Janni und wende mich dann ihrer Mutter zu: "Im Café Niederegger war ich auch schon. Zwar esse ich selbst kein Marzipan, hatte aber für alle Verwandten und Freundinnen Glückstiere aus Marzipan mitgenommen."

"Ja", bestätigt die Frau, "am Café Niederegger kommt man bei einem Lübeckbesuch einfach nicht vorbei."

"Das ist ein guter Tipp", steigt die ältere Frau in unser Gespräch ein. "Vielleicht möchten ja die Jungs ihren Zeitgutschein dort einlösen."

"Au fein, dann treffen wir uns da alle zum Marzipanessen", freut sich Janni. "Fährst du auch nach Lübeck?", fragt sie mich dann direkt.

Jetzt kann ich nicht mehr ausweichen. "Ich weiß

noch nicht, wo ich hinfahre", sage ich.

Allgemeines Erstaunen. Selbst aus der Männerecke kommt ein überraschtes Brummen.

"Wie meinen Sie das, Sie wissen noch nicht, wohin Sie fahren?", fragt mich die ältere Frau. Das ist das Vorrecht älterer Menschen. Sie dürfen direkt fragen, ohne neugierig zu wirken. Im Alter hat man nicht mehr so viel Zeit, um lange um den heißen Brei herumzureden. Alte Menschen marschieren ohne Umwege auf ihr Ziel zu.

"Na ja", beginne ich, "ich hatte einfach keine Lust, Weihnachten allein zu Hause zu sitzen. Also bin ich mit Lady zum Hauptbahnhof Berlin gefahren und habe den ersten Fernzug genommen, der ging."

"Das ist aber sehr ungewöhnlich", sagt die ältere Frau. "haben Sie denn gar keine Familie?"

"Doch", ich ziehe das Wort sehr lang. "Aber das ist eine lange Geschichte."

"Die langen Geschichten sind die Besten", lässt sie nicht locker. "Und wir haben ja noch viel Zeit bis Hamburg."

"Vielleicht später", sage ich und wende mich wieder an die junge Frau: "Ich hatte Sie unterbrochen. Sie wollten gerade erzählen, warum Sie seit einigen Jahren Weihnachten nach Lübeck fahren", visiere ich mein Ziel direkt an.

"Wollte ich das?", fragt sie.

"Wollten Sie nicht?", frage ich zurück.

Da wirft sie den Kopf zurück und lacht laut auf. "Sind Sie etwa von der Zeitung und schreiben eine Weihnachtsreportage oder ist hier irgendwo eine Kamera versteckt?"

"Keines von Beidem", beruhige ich sie ebenfalls lachend. "Ich bin nur neugierig auf das Leben und auf die Menschen, mit denen ich das Leben teile."

"Na das ist doch mal eine interessante Begründung", steht mir die ältere Frau bei. "solange sich die Menschen füreinander interessieren und neugierig aufeinander sind, ist die Welt noch nicht verloren."

Ich fühle mich verstanden und strahle sie an.

"So habe ich das noch gar nicht gesehen", sagt die Jannis Mutter. Dann beginnt sie zu erzählen.

"Ich lebe seit fast fünfzehn Jahren in Berlin. Aufgewachsen bin ich Lübeck, oder besser gesagt am Stadtrand von Lübeck. Meine Eltern hatten dort ein wunderschönes altes Haus, fast so eine Art Bauernhof. Den haben sie aber nicht mehr bewirtschaftet. Es gibt dort einem riesigen Garten, mit vielen großen, alten Obstbäumen. Ich habe noch einen älteren Bruder und eine ältere Schwester. Den ganzen Sommer haben wir in dem alten Garten gespielt, Abenteuer erlebt und jedes Jahr etwas Neues entdeckt." Sie hält inne, bekommt diesen fernen Blick, der bis in die Kindertage zurückreicht. Sie muss eine sehr glückliche Kindheit gehabt haben, denn diese Erinnerung lässt sie von innen heraus strahlen. Ihr Lächeln wirkt ansteckend.

"Es ist uns nie langweilig geworden", fährt sie fort. "Im Winter haben wir um die Wette Schnee gefegt oder gemeinsam Schneemänner gebaut. Einmal hat der Schnee so hoch gelegen, dass mein Vater mit einer Säge große Schneeblöcke geschnitten hat und wir ein richtiges Iglu gebaut haben. Eigentlich war jede Jahreszeit interessant. Nach Berlin bin ich gegangen, um dort zu studieren. Dann hat mich diese Stadt nicht mehr losgelassen und ich möchte nirgendwo anders mehr leben. Trotzdem fahre ich immer wieder gern in die alte Heimat. Es ist wie tiefes Durchatmen an einem vertrauten Ort."

Ich kann ihr das nachempfinden.

Unwillkürlich versinken wir Erwachsenen in uns selbst. Die Körperhaltung entspannt sich, im Gesicht glätten sich die Falten, sind weniger tief, weniger bedrückt, weniger ernst. Es ist, als würden wir uns auf eine Zeitreise zu uns selbst begeben. Wir erinnern uns an Orte, die uns vertraut sind, wo wir uns beschützt und geborgen fühlten.

Auch ich hatte einmal einen solch vertrauten Ort. Nach dem Tod meiner Mutter ist mir dieser vertraute Ort fremd geworden. Jetzt fühle ich mich ein bisschen wie ohne Wurzeln.

"Der Garten ist sooo schön", schwärmt Janni. "In den Apfel- und Pflaumbäumen sind Löcher. Da wohnen Kobolde und Elfen drin." Und sie strahlt über das ganze Gesicht in kindlicher Überzeugung.

"Na, da werden sich deine Großeltern aber freuen, wenn du sie auch besuchen kommst", sagt die ältere Frau.

Jannis Lächeln erlischt wie eine ausgeblasene Kerze. "Oma und Opa sind tot", sagt sie ganz leise.

Die Freude im Gesicht der älteren Frau wandelt sich in Bestürzung. Das erste Mal, dass sie nicht weiß, was sie sagen oder tun soll.

"Das tut mir sehr leid", flüstert sie und weiß auf einmal nicht, wohin mit den Händen und den Blicken. Die Knöchel ihrer ineinander verhakten Finger werden weiß. Schuldbewusst schaut sie Jannis Mutti an. Sie ist traurig, dass sie dem Kind die Fröhlichkeit genommen hat.

"Meine Eltern sind vor drei Jahren bei einem Autounfall ums Leben gekommen." Eben noch glitzerten ihre Augen bei der Erinnerung an die glückliche Kindheit, jetzt sind sie dunkel, fast schwarz. Ihre Stimme ist leise aber fest. Mehr sagt sie dazu nicht. Warum auch. Ob die Eltern nun Schuld hatten oder nicht. Der plötzliche Tod geliebter Menschen ist für die Angehörigen immer schmerzvoll.

Die Erzählerin mag uns nicht in dieser Stimmung verharren lassen.

Sie nimmt den Faden ihrer Geschichte wieder auf: "Vor dem Tod unserer Eltern haben wir uns nur ein- oder zweimal im Jahr alle gemeinsam getroffen. Meistens zu Weihnachten oder zu einem der häufigen Jubiläen, wie zum Beispiel einem runden Geburtstag oder so. Und oft waren auch nicht alle da. Einer konnte immer nicht. Es ist ja auch nicht einfach, eine größere Familie immer unter einen Hut zu bekommen."

Wir nicken alle verständnisvoll und auch dankbar, dass sie uns aus unserem bedrückten Empfinden herausgeholt hat. Jeder hier hat wohl schon einmal den Verlust eines lieben Menschen erfahren.

"Seit dem Tod unserer Eltern ist das ganz anders geworden. Wir sehen uns viel öfter. Mein Bruder wohnt im unserem Elternhaus und auch meine Schwester hat ein schönes Haus mit einem großen Garten. Zu Weihnachten treffen wir uns bei meinem Bruder und es sind immer alle da. Und zwischendurch sehen wir uns auch oft. Ich weiß nicht, wie ich es beschreiben soll, aber nachdem unsere Eltern nicht mehr waren, ist der Rest der Familie viel dichter zusammengerückt." Sie

65

schweigt. Ein in sich ruhendes Lächeln umspielt ihre Lippen. Sie hat einen Verlust erlitten, aber sie und ihre Geschwister haben das Unglück, das sie getroffen hatte, genutzt, um Verbindendes zu schaffen.

Ist es nicht erstaunlich, wie wir Menschen immer wieder einen Verlust verarbeiten können? Wie wir immer wieder aufstehen, was auch immer uns niedergestreckt hat. Manchmal schleppen wir unseren Schmerz lange mit uns herum. Aber jeden Tag wird es um eine Winzigkeit besser. Manchmal denken wir, es ginge nicht mehr weiter, manchmal wünschen wir, unser Herz möge einfach aufhören zu schlagen. Aber unser Herz hört nicht mal eben so auf zu schlagen. Es schlägt weiter, vielleicht sogar kräftiger.

Eine Freundin, die Friseurin ist, hatte einen Verlustschmerz einmal mit gefärbten Haaren verglichen: Eines Tages färbst du deine Haare nicht mehr. Nun wird die natürliche Farbe langsam rauswachsen. Das geht nicht von heute auf morgen. Das braucht seine Zeit. Jeden Tag wachsen deine Haare ein ganz kleines Stück. Das merkst du gar nicht, weil du jeden Tag in den Spiegel guckst. Aber andere, die dich nur selten sehen, bemerken die Veränderung. Du lässt die Haare schneiden. Und langsam verschieben sich die Proportionen von gefärbten und ungefärbten Haaren. Und eines

Tages trägst du deine natürliche Haarfarbe und aus der gefärbten Zeit sind nur noch ein paar Fotos übrig, die du hin und wieder gerne anschaust.

Ich weiß nicht, ob das ein sehr gelungener Vergleich ist, aber ein Körnchen Wahrheit ist auf alle Fälle darin. Ich mache mir meine eigenen Gedanken zum Zusammenwachsen der Familie nach einem Verlust.

Und ohne weiter darüber nachzudenken entschlüpft mir: "Ihre Familie gehört also zu ‚manchmal'."

Sie schaut mich zuerst verständnislos an. Dann erkenne ich Verstehen in ihrem Gesicht.

"Und ihre Familie wohl nicht?", fragt sie mich.

"Nein, tut sie nicht", antworte ich.

Alle schauen mich erwartungsvoll an. Selbst der Mann hat sich etwas aus seiner Ecke heraus mir zugedreht. Nun muss ich wohl von mir erzählen.

"Ich habe auch keine Eltern mehr", beginne ich und merke gleich, dass das der falsche Anfang war. Alle scheuen mich mitleidig an. Und Mitleid ist nun etwas, womit ich überhaupt nicht umgehen kann.

Also zweiter Versuch: "Ich wohne mit Lady in einem kleinen Haus in der Nähe von Oranienburg. Um das Haus herum ist ein großer Garten. Lady kann den Tag über, wenn ich auf Arbeit bin, im Garten spielen."

Na bitte, die Gesichter der anderen entspannen sich. Wahrscheinlich stellen sie sich den herumtollenden Hund im Garten vor.

"Und warum bist du heute im Zug und weißt nicht, wohin du fährst?" Jannis Frage bringt mich aus dem Konzept. Dass Kinder aber auch immer so direkt fragen müssen.

"Na ja, ich hatte keine Lust allein zu Hause zu sein. Ich wollte zu den Menschen."

"Hast du zu Hause keine Menschen?", fragt Janni. "Menschen sind doch überall."

"Da hast du Recht", stimme ich ihr zu. "Menschen sind überall. Aber ich wohne allein. Na ja, Lady ist bei mir, aber die zählt nicht als Mensch. Ich kann ihr alles erzählen und sie hört mir auch geduldig zu und sie tröstet mich auch, wenn es mir mal nicht so gut geht, aber ..."

"Wie kann Lady dich denn trösten", unterbricht sie mich. "Ein Hund kann doch nicht sprechen."

"Stimmt", sage ich. "Aber sie spürt genau, wenn ich mal traurig bin. Dann legt sie ihren Kopf auf meinen Oberschenkel und schaut mich an oder sie stupst mich mit ihrer Schnauze an und schon geht es mir wieder besser."

Ich weiß nicht recht, wie ich weitererzählen soll von meiner Familie, die keine richtige Familie ist. Ich will nicht wieder mitleidige Blicke ernten.

"Haben Sie keine Geschwister?", nimmt die ältere Frau das Gespräch wieder auf. Ich bin ihr dankbar, denn so habe ich einen Anknüpfungspunkt.

"Ich habe noch zwei Geschwister, einen Bruder und eine Schwester, aber unser Kontakt ist eher gering. Meine Schwester wohnt in Zehdenick. Das ist eine kleine Stadt nördlich von Oranienburg, vielleicht 40 Kilometer entfernt. Wir verstehen uns nicht besonders gut, denn unsere Wertvorstellungen sind zu verschieden. Für sie sind nur Dinge und Menschen akzeptabel, die einen Gewinn abwerfen. Es würde ihr nie in den Sinn kommen, für eine wohltätige Sache zu spenden zum Beispiel, bei einem Erdbeben oder einer anderen Naturkatastrophe in einem armen Land. Ich bin seit fast fünfzehn Jahren Patin für ein SOS Kinderdorf in Chile. Darauf hat sie mit Verachtung reagiert. Ich möchte fast behaupten, sie ist eine verkappte Rassistin."

"Was ist ein SOS Kinderdorf?", fragt Janni.

"Dort leben Kinder, die keine Eltern mehr haben oder deren Eltern sich nicht um ihre Kinder kümmern können, weil sie vielleicht krank sind. In Chile sind viele Menschen sehr arm. Und um Kinder, die keine Eltern mehr haben, kümmert sich niemand. Sie müssen auf der Straße betteln oder stehlen, um zu überleben. Wenn diese Kinder viel Glück haben, kommen sie in ein SOS Kinderdorf. Dort leben viele andere Kinder, denen es ebenso ging. Sie leben dort in richtigen Familien zusammen. Immer zehn Kinder in einem Haus mit einer SOS Kinderdorfmutter, die sich um sie kümmert wie eine richtige Mutter. Die Kinder in einer Familie sind unterschiedlich alt. So können sie sich untereinander helfen. Die älteren Kinder kümmern sich um ihre jüngeren Kinderdorfgeschwister und unterstützen ihre Kinderdorfmutter."

"Und du fährst da auch hin und hilfst den Kindern?"

"Nein, das wäre viel zu weit. Nach Chile muss man viele Stunden mit dem Flugzeug fliegen. Aber ich bezahle jeden Monat ungefähr vierzig Euro. Das reicht für ein Kind in dem Dorf. Davon werden die Lebensmittel gekauft, der Arzt bezahlt und was sonst noch alles so zum Leben dazugehört. Das Kind kann zu Schule gehen und mal einen richtigen Beruf lernen. Ab und zu bekomme ich Post von meinem Patenkind. Im Moment bezahle ich für einen zehnjährigen Jungen. Er heißt Eduardo. Er hatte mit seiner Mutter allein gelebt, aber sie ist vor zwei Jahren an Krebs gestorben. Seine anderen Verwandten konnten ihn nicht aufnehmen, weil sie selber sehr arm sind und nicht noch ein zusätzliches Kind ernähren könnten."

"Dann bist du bestimmt sehr reich, dass du das tun kannst", vermutet Janni jetzt.

Ich muss lächeln. "Nein, ich bin nicht reicher, als

viele andere Menschen, die in Deutschland leben. Ich habe nur ein ganz kleines Haus gemietet und habe nur ein kleines Auto. Aber ich kann mich jeden Tag satt essen und wenn ich krank bin, dann kann ich zum Arzt gehen. Im Vergleich zu vielen Menschen in Chile bin ich sehr reicht. Darum helfe ich, dass es wenigstens dem einen Kind besser geht."

In Jannis Gesicht arbeitet es, das sehen wir alle. Niemand unterbricht ihre Gedankengänge mit einer Frage an mich. Wir sind alle gespannt, was bei ihrem Nachdenken herauskommt. Und es kommt etwas dabei heraus: "Mami", sagt sie dann. Ihr Gesicht strahlt dabei. Also muss sie eine tolle Idee haben. "Mami, wir können uns doch auch jeden Tag satt essen und zum Arzt können wir auch gehen, wenn wir krank sind. Dann sind wir also auch viel reicher als die Kinder in Chile. Warum geben wir dann nichts von unserem Geld ab an ein Kind ohne Eltern?"

Ich muss grinsen. Als ich vor ein paar Stunden zu meiner Reise ins Ungewisse aufgebrochen bin, habe ich mit keinem Gedankenfünktchen daran gedacht, dass ich heute Nacht noch Werbung für SOS Kinderdorf machen würde. Vielleicht habe ich hier ein kleines Samenkorn in fruchtbare Erde gepflanzt.

Janni schaut ihre Mutter erwartungsvoll an. Die

ist jetzt in Zugzwang. Viele Menschen sind bereit spontan eine Spende aus aktuellem Anlass zu tätigen. Aber einen festen Betrag regelmäßig wegzugeben, davor schrecken doch viele zurück.

"Ich hatte auch schon mal daran gedacht, die Patenschaft für ein Kind zu übernehmen", erzählt jetzt die ältere Frau. "Aber man weiß ja immer nicht, ob das Geld auch wirklich da ankommt, wo es helfen soll oder ob es in irgendwelchen dunklen Kanälen versickert."

Dieses Argument habe ich schon oft gehört. Manchmal kommt es mir wie einer Ausrede vor. Bei dieser älteren Frau glaube ich aber, dass es echte Unsicherheit ist.

"Ich habe einmal etwas für ein Brunnenbauprojekt in Afrika gespendet." Hat das eben wirklich der Mann aus seiner Ecke heraus ins Gespräch geworfen? Oder war es eine akustische Täuschung? Die ungläubigen Gesichter der anderen Mitreisenden bestätigen mir, dass mit meinen Ohren noch alles in Ordnung ist.

Aber bestimmt erzählt er gleich, dass aus dem Brunnenbau nie etwas geworden ist und die Menschen dort noch immer ihr Wasser meilenweit tragen müssen. Im schlimmsten Fall wird er berichten, dass mit dem Geld Waffen gekauft wurden, die dann in einem Bürgerkrieg vielen Menschen den Tod gebracht haben.

"Später stand sogar etwas in der Zeitung darüber. Die Menschen dort haben jetzt endlich sauberes Wasser und es sterben nicht mehr so viele Kinder." Der Anflug des Versuchs eines angedeuteten Lächelns ist in seinen Mundwinkeln.

Wir belohnen ihn für seine Geschichte mit einem warmen Lächeln. Das ist dann aber doch wohl zu viel des Guten, denn mit einem Brummen wendet er sich wieder ab.

"Also", Jannis Mutter zieht das Wort lang, "um noch mal auf deine Frage zurückzukommen", und damit wendet sie sich wieder Janni zu, "Ich werde darüber nachdenken, ob wir Geld an ein Patenkind abgeben können. Das entscheiden wir, wenn wir wieder zu Hause sind."

Fürs Erste scheint Janni damit einverstanden zu sein. Aber sie hat noch eine andere Idee: "Vielleicht können ja auch Tante Heidi und Onkel Klaus einem Kind helfen. Die haben doch ein ganz großes Haus und ein Riesenauto. Die könnten sogar zwei Kindern helfen!" In Janni ist der missionarische Eifer erwacht.

Wir anderen müssen jetzt doch lachen und selbst der Mann stimmt mit einem knarrigen Bass ein.

"Mit so einem Menschen wie Ihrer Schwester möchte ich auch keinen engen Kontakt", knüpft die ältere Frau an meine Familiengeschichte an.

"Aber Sie haben doch noch einen Bruder. Was ist mit dem?"

"Mein Bruder", ziehe ich lang, um meine Gedanken in die neuen Bahnen zu lenken. "Na ja, da ist der Kontakt abgerissen. Er wohnt mit seiner Familie seit vielen Jahren in Leipzig. Bevor meine Mutter starb, hat sie ein Testament gemacht. Sie hat ihr Geld sozusagen nach Bedürftigkeit verteilt. Meine Schwester hat unser Elternhaus in Zehdenick bekommen. Von mir wusste sie, dass ich schon immer eine Hundeschule eröffnen wollte. Ich habe den größten Teil des Geldes bekommen und konnte davon das Häuschen und den Garten mieten."

Meine Zuhörer schauen erstaunt.

"Darum ist Ihr Hund so gut erzogen", sagt die jüngere Frau anerkennend.

Ich fühle mich geschmeichelt und das sieht man mir in diesem Moment auch an.

"Und was ist mit Ihrem Bruder? Hat der nichts bekommen?", die ältere Frau lässt nicht locker. Sie will es genau wissen. Sie hat ja auch Recht. Wenn wir schon einmal dabei sind, uns in dieser besonderen Nacht unsere Geschichten zu erzählen, dann sollte es auch ehrlich zugehen.

"Nun ja", fahre ich trotzdem etwas zögerlich fort. Sollte es sein, dass mich so ein ganz klein bisschen das schlechte Gewissen plagt? "Er hat ei-

nen tollen Job in Leipzig und verdient außerge-
wöhnlich gut. Er hat nur einen ganz kleinen Teil
Geld bekommen. Das hat ihn sehr verbittert. Er
hat sich nach der Testamentseröffnung vor einem
Jahr nicht mehr gemeldet und jeden Kontaktver-
such von Seiten meiner Schwester oder meiner-
seits ignoriert."

"Ja", sagt Jannis Mutter, "Ihre Familie gehört
wirklich nicht zu ‚manchmal'."

"Nein, tut sie nicht", wiederhole ich leise meinen Satz von vorhin.

"Hm, hm", es ist unschwer zu erkennen, dass
die ältere Frau mit irgendetwas unzufrieden ist.
"Das mit diesem ‚manchmal' würde ja bedeuten,
dass die meisten Familien sich nach dem Tod der
Eltern zerstreiten oder entfremden und dass nur
manchmal", sie betont das letzte Wort besonders,
„also dass nur manchmal die Restfamilie enger
zusammenrückt. Der Gedanke gefällt mir gar
nicht. Ich habe zwar nur die eine Tochter, aber
doch noch ein paar entferntere Verwandte von
meines Mannes Seite her. Es wäre schade, wenn
die sich dann überhaupt nicht mehr treffen würden. Sie haben sich doch sonst auch immer gut
verstanden, wenn mal alle bei uns in Pirna zu Besuch waren."

Gerade haben sich meine Gedanken auf die Suche nach einer Antwort begeben, da wird der Zug

wieder langsamer. Ich schaue auf die Uhr. Es ist 18.35 Uhr. Ein Knacken im Lautsprecher und Hauptbahnhof Ludwigslust wird angekündigt.

Und wieder beginnt das Bangen, dass ja niemand den freien Platz neben mir beanspruchen möge. Ich mache mich ein bisschen breiter und versuche so, allen potentiellen Eindringlingen Platzknappheit vorzutäuschen.

Ein Blick aus dem Fenster zeigt das Fehlen von Schneeflocken und Fahrgästen.

Dann ein Pfiff und wenige Sekunden später setzt sich der Zug wieder in Bewegung.

Unsichtbar für meinen Fensterblick ist doch jemand zugestiegen. Eine füllige Frau macht kurz halt vor unserem Abteil, schätzt mit einem Blick den zur Verfügung stehenden freien Platz ein, befindet in wohl als zu gering für sich und zerrt ihren Koffer weiter.

Noch fünf Atemzüge, dann entspanne ich mich wieder und bringe meine Gedanken zu dem Problem zurück, dass die ältere Frau vor dem Halt des Zuges angesprochen hatte.

"Vielleicht ist es ja so", beginne ich zaghaft, "dass die meisten Familien nach der Trauerphase in ihren Beziehungen zueinander einfach so weitermachen wie vor dem Todesfall. Und dann gibt es die, die manchmal enger zusammenrücken. Und die, die sich manchmal zerstreiten. Also gehöre ich im gewissen Sinne auch zu ‚manchmal'. Allerdings mit negativem Vorzeichen."

Mit meiner Erklärung bin ich selbst nicht richtig zufrieden, aber besser kann ich es nicht ausdrücken.

"Im Kern mögen Sie Recht haben", pflichtet mir die jüngere Frau bei. "Aber ich denke, dass es doch nicht ganz so einfach ist. Bei Familien, die schon vor dem Tod des Bindegliedes Eltern einen innigen Kontakt untereinander hatten, werden die Hinterbliebenen nach kurzer Zeit selbst in die entstandene Lücke hineinleben und sich so näherkommen. Bei denen, die sich zerstreiten, wird es wohl so sein, dass sie nicht in der Lage sind, die Lücke zu überspringen, denn das ausgleichende und beschwichtigende Element fehlt jetzt völlig. Ich glaube, diese Familien hatten sich schon vorher entfremdet." Sie schaut mich entschuldigend an, hat sie doch eben meiner Familie ein Negativzeugnis ausgestellt.

Darauf will ich jetzt nicht antworten und schon gar nicht darüber nachdenken. Darum nicke ich nur schweigend und wende den Blick ab.

Wir sind jetzt gerade mal eine Stunde unterwegs und ich habe schon so viel erfahren von den Menschen mit denen ich dieses Stückchen Weg teile. Als ich mir heute Nachmittag vornahm zu den Menschen zu gehen, hätte ich das nie für möglich gehalten. So viele Weichen hatte es in dieser Zeit gegeben, so viele Möglichkeiten, dass ich jetzt ganz woanders sein könnte. Wo wäre ich jetzt, wenn nur eine dieser Weichen weggefallen oder anders gestellt worden wäre? Alles, was heute Nachmittag passiert ist, hat mich an genau diese Stelle meines Lebens geführt. Und ich empfinde es als gut so.

Wie kommt es, dass diese Menschen so freimütig von sich und ihrem Leben erzählen, mich eingeschlossen? Dass sie sich geradezu offenbaren? Ich kann mich nicht erinnern, wann und zu wem ich das letzte Mal so uneingeschränkt über meine Familiensituation gesprochen hätte. Ist es das Anonyme in diesem Zugabteil? Ist der Mensch eher bereit, Fremden von den eigenen Problemen zu erzählen als vertrauten Personen? Ist es die Gewissheit, dass sich unsere Wege in dem Moment trennen, in dem wir in Hamburg aus dem Zug steigen und jeder seiner eigenen Wege gehen wird?

Warum ist es weitaus schwieriger, sich Bekannten anzuvertrauen? Will man sich nicht blamieren, keine wunden Stellen freilegen, in denen sogenannte Freunde dann nach Belieben herumstochern können? Ich für meinen Teil habe die Erfahrung gemacht, je näher ich mich einem Menschen fühle, um so verschlossener werde ich. Leben wir in einer Spaßgesellschaft, in der niemand sich mit Problemen anderer belasten möchte, die ihm dann morgen oder übermorgen wieder über den Weg laufen werden?

Aber ich mag diese Gedanken jetzt nicht weiter in meinem Kopf hin- und herwälzen. Da ist noch eine Geschichte offen. Es wäre sinnvoller, zu überlegen, wie ich den Mann doch noch aus seiner Schweigsamkeit locken könnte.

Aus dem Augenwinkel bemerke ich, dass er etwas unruhig auf seinem Platz hin- und herrutscht. Er wischt sich mit dem Handrücken imaginäre Fussel von seiner Anzughose, rückt seine Brille zurecht und zupft an seinem Bart. Fast könnte man den Eindruck gewinnen, dass er sich zum Erzählen bereitmacht, aber nicht weiß, wie er es anstellen soll. Ihm fehlt ein Einstieg, ein Anknüpfungspunkt.

Er zieht die Beine unter den Sitz. Aber der Platz unter dem Sitz ist schon besetzt und zwar von Lady. Er muss sie mit seinen Füßen berührt haben, denn eilige, ausweichende Bewegung entsteht unter der Sitzbank. Sofort zieht er seine Füße wieder vor und sagt mir zugewandt entschuldigend: "Das tut mir leid. Den Hund hatte ich ganz vergessen."

Ich beuge mich nach unten und tätschele beruhigend Ladys Kopf.

Als ich mich aufrichte, sagt er: "Wir hatten früher auch einen Hund."

Da ist er, der Anknüpfungspunkt. Wir wenden uns ihm zu und sind gespannt, was er zu erzählen hat.

"Ich bin ja sonst kein allzu großer Tierfreund", beginnt er. Nun ja, so hätte ich ihn auch eingeschätzt. "Aber meine Tochter wollte unbedingt einen Hund haben", fährt er nach einigem Überlegen fort, denn er hat wohl gemerkt, dass ihm die erste Bemerkung nicht unbedingt die Sympathie der Zuhörerinnen eingetragen hat. "Sie hat lange gedrängelt und auch meine Frau war auf ihrer Seite. Irgendwann habe ich mir dann gedacht, dass so ein Tier vielleicht doch gar nicht so schlecht wäre. Meine Tochter, sie heißt Julia, könnte dadurch lernen, über längere Zeit Verantwortung für etwas zu übernehmen."

Das ist zwar nicht der schlechteste, aber sicher auch nicht der beste Grund, einem Kind ein Tier zu schenken.

"Julia war schon immer anders als andere Kinder. Ständig hat sie etwas Neues angefangen und selten etwas zu Ende gebracht. Also habe ich mich informiert, welche Hunderasse wohl am besten geeignet ist für ein neunjähriges Kind. Ich wollte auf keinen Fall so einen Minihund, so ein Meerschweinchen an der Leine." Oh, er verfügt sogar über einen gewissen Humor, "Es sollte ein richtiger Hund sein. Also habe ich mich für einen Boxer entschieden."

Eine verhältnismäßig gute Wahl für einen Menschen ohne Hundeerfahrung. Aber für eine Neunjährige hätte ich sicher einen etwas handlicheren Hund gewählt. Denn in einem Jahr ist ein Boxer zu seiner vollen Größe ausgewachsen und da könnte eine Zehnjährige doch Probleme bekommen, wenn es mit der Erziehung des Welpen und Junghundes nicht so geklappt hat. Ob Julia mit der Wahl ihres Vaters einverstanden war?

"Und welchen Hund wollte Ihre Tochter?", die ältere Frau versteht es aber wirklich, die entscheidenden Fragen zu stellen.

"Ach, meine Tochter wollte einen Welpen der Nachbarn. Die hatten gerade junge Hunde. Die Hundemutter war ein Mischling, so ein Zwischending von Mops und Dackel. Über den Vater herrschte Unklarheit. Wer weiß was so ein Welpe mal wird. Da hatten sich von Schäferhund bis Pudel alle möglichen Rüden rumgetrieben. Na ja", er rutscht ein bisschen unbehaglich auf seinem Sitz herum, "wir haben dann den Mischling genommen. Aber ich habe ihr gleich drei Fachbücher über die Erziehung und Pflege eines Welpen gekauft."

Mir ist klar, dass ihm diese Mischlings-Entscheidung nicht gepasst hat. Seine Frau muss eine starke Persönlichkeit sein.

"Eine gute Entscheidung", sage ich, obwohl er das sicher nicht hören will. "Mischlinge sind oft robuster als reinrassige Tiere. Und in ihrem Wesen bekommen sie häufig das Beste von allen Rassen mit, die in ihnen vertreten sind."

"Sie müssen es wissen", antwortet er. "Sie sind der Fachmann." Ich würde zwar "Fachfrau" vorziehen, will ihn aber jetzt nicht mit einer zurechtweisenden Bemerkung ausbremsen.

"Und?", fragt die ältere Frau, "hat sich diese Erziehungsinvestition gelohnt?"

Oho, was für ein Wort. Sie dehnt es etwas, um die besondere Bedeutung herauszustellen. Und – höre ich da etwas Ironie mitklingen? Aber sie hat den sprichwörtlichen Nagel auf den Kopf getroffen.

"Ja, ja", antwortet er lebhaft (soweit er für seine Verhältnisse lebhaft werden kann), "meine Tochter hat diesen Hund geliebt. Ich fand ihn ja abgrundtief hässlich." Seine Mundwinkel wandern unter dem Bart abwärts und er sieht aus, als hätte ihm jemand zugemutet, einen gegrillten Regenwurm zu verspeisen. "Stellen Sie sich einen Hund vor mit den krummen Beinen eines Dackels, der eingedrückten Schnauze eines Mops' und dem lockigen Fell eines Pudels. Aber Julia war ganz vernarrt in das Tier. Sie ist regelmäßig mit ihm spazieren gegangen, hat sein widerspenstiges Fell mit viel Geduld gebürstet, die Futternäpfe geschrubbt und von ihrem Taschengeld Leckerlis gekauft. In die Bücher hat sie natürlich nicht reingeschaut. Im Sommer hat sie mit ihm im Garten auf der Wiese gelegen, ganz dicht beieinander. Sie hat das Kontaktliegen genannt. Wo sie dieses Wort wohl her hatte?"

"Na da wird sie wohl doch das eine oder andere Mal in einem der Bücher geschmökert haben", sage ich.

Er schaut mich erstaunt an. "Ja, vielleicht", räumt er dann ein.

Er macht eine lange Pause. Sollte er mit seiner Geschichte schon fertig sein? Den Eindruck habe ich eigentlich nicht. Da ist noch etwas, was ihn scheinbar ganz besonders quält.

Tief atmet er durch, wie um Anlauf zu nehmen.

"Der Hund ist leider nicht sehr alt geworden, nur vier Jahre", sagt er dann.

"Das ist aber schade", sagt die ältere Frau leise. "War er krank? Da war Ihre Tochter bestimmt sehr traurig, wo sie ihn doch so geliebt hat."

Er macht wieder eine Pause. Schaut die Frau an und schaut doch durch sie hindurch. Schaut in der Zeit zurück. Schaut zurück bis zu dem Tag, als der Hund starb. Und was er dort sieht, lässt die Falten in seinem Gesicht noch tiefer werden.

"Nein, er war nicht krank. Er war gesund und munter. Er wurde überfahren. Aber ich konnte wirklich nichts dafür." Er spricht immer schneller. "Ich fuhr mit dem Auto rückwärts vom Grundstück. Da ist er auf die Straße gelaufen. Ich habe es gar nicht gemerkt. Dann quietschten hinter mir Bremsen. Ich dachte zuerst, da fährt mir gleich einer hinten ins Auto rein. Und dann war da dieses jämmerliche Jaulen. Und dann war es still." Der letzte Satz kommt ganz leise. Spüre ich da ein Zittern in seiner Stimme? Seine Hände krampfen sich ineinander, dass die Knöchel weiß hervortreten. Seine Lippen sind ein schmaler Strich.

Wir können ihm nicht helfen. Können ihm die Schuld nicht nehmen, die keine Schuld ist. Ein Versehen, eine Unachtsamkeit, aber bestimmt keine Schuld, denn Schuld setzt immer Absichtlichkeit voraus. Und absichtlich hat er den Hund bestimmt nicht auf die Straße laufen lassen, dazu ist er nach all den Jahren immer noch zu sehr berührt von dem Geschehen.

Wir schweigen, lange. Janni schaut ihn mit offenem Mund und weiten Augen an. Er schaut nur den Bruchteil einer Sekunde zurück, dann senkt er den Blick. Vielleicht hat ihn seine Tochter mit einem ähnlichen Gesichtsausdruck angestarrt.

Schließlich fragt Jannis Mutter: "Wie hat es Ihre Tochter verarbeitet?"

Die Frage holt ihn zurück in die Gegenwart. Er nimmt uns wieder wahr, begreift, dass das, was er eben noch so lebendig vor seinem inneren Auge sah, lange Vergangenheit ist. Dass er es nicht ändern kann, weder damals noch heute. Es gibt keinen Weg zurück.

"Meine Tochter", er zieht das Wort ,Tochter' lang. "Sie hat mir das nicht verziehen. Zwar hat sie nie gesagt, ich hätte es absichtlich getan, aber wie sie mich immer angeschaut hat. Unser Verhältnis wurde noch komplizierter. Sie hat sich mir immer mehr entzogen. Meine Anweisungen waren Luft für sie."

"Anweisungen?", unterbricht ihn die ältere Frau.

"Ja, Anweisungen", sagt er mit Nachdruck. "Sie war ... sie ist ein sehr intelligenter Mensch, braucht aber eine feste, leitende Hand. Auf das Gymnasium ist sie mit Bestnoten gekommen. Das Einzige, was sie neben den Hund noch mit Begeisterung gemacht hat, war Klavier spielen. Da hatte ich schon drauf gedrungen, als sie fünf Jahre war. Später hat sie selbst Gefallen daran gefunden. Aber auch das hat sie aufgegeben. Sie ist dann mit so einer Straßenband rumgezogen. Aus ihr hätte mal was ganz Großes werden können. Das Talent dazu hatte sie. Aber sie war eben schon immer recht labil."

Der letzte Satz kommt resigniert. Oder entschuldigend? So nach dem Motto: Ich habe ja mein Bestes getan, um einen vernünftigen Menschen aus ihr zu machen. Aber ihr Charakter hat das nicht zugelassen. Ich wasche meine Hände in Unschuld.

Sicher ist so ein Urteil von mir ziemlich hart.

Die ältere Frau muss wohl ähnlich empfinden. Und sie ist weit weniger zurückhaltender mit ihrer Meinung.

"Vielleicht hätten Sie weniger Anweisungen geben, aber dafür mit Verständnis und Mitgefühl auf ihren Schmerz eingehen sollen?"

"Mit Verständnis und Mitgefühl ist noch nie jemand an die Spitze gekommen. Eine Begabung muss gefordert werden." Seine Stimme klingt hart, felsenfest überzeugt von seiner Sichtweise auf die Dinge.

Ob er so erzogen wurde? Und ob es ihm als Kind gefallen hat? Warum tun Eltern ihren Kindern so oft das an, was sie als Kind selbst nicht mochten? Vielleicht, weil sie es nicht anders gelernt haben? Weil sie es als richtig ansehen? Weil sie keine besseren Alternativen kennen, nie kennengelernt haben?

"Um es kurz zu machen", jetzt will er wohl endlich zum Schluss kommen, weil wir ihm nicht das Verständnis entgegenbringen, das er seiner Tochter verweigert hatte. "Sie hat das Abitur irgendwie geschafft und dann Musikwissenschaften studiert. Das hat sie aber auch abgebrochen, weil sie da so einen Kerl kennengelernt hat. Mit dem war auch nicht viel los. Der hat irgendwo im Hamburger Hafen gearbeitet. Irgendetwas Untergeordnetes. Sie ist zu ihm gezogen. Jetzt gibt sie Unterricht an einer Musikschule für quengelige Grundschüler. Seit ihrem Auszug bei uns hatte ich keinen Kontakt mehr zu ihr. Aber meine Frau hat öfter mit ihr telefoniert."

"Vielleicht ist sie so, wie sie jetzt lebt, glücklicher", wirft die jüngere Frau zaghaft ein.

"Wie kann man mit weniger glücklicher sein, wo sie doch so viel mehr hätte haben können?"

"Das ist doch eine rein rhetorische Frage" wende ich ein, "weil ja niemand weiß, wie glücklich oder unglücklich sie in dem anderen Leben geworden wäre."

"Auf alle Fälle hätte sie mehr Erfolg und demzufolge auch mehr Geld gehabt", beharrt er auf seiner Meinung.

"Was nicht zwingend auch mehr Lebensfreude und mehr Glück bedeutet", lasse ich nicht locker.

Da ist ein klein bisschen ein aggressiver Unterton in das Gespräch gekommen. Und ich weiß, dass auch ich daran nicht ganz unschuldig bin. Also versuche ich die Situation wieder zu beruhigen und die Unterhaltung auf die reale Gegenwart zurück zu führen.

"Wie kommt es, dass Sie dann trotzdem jetzt zu ihr fahren?", schieße ich mit meiner Frage mal wieder ins Blaue.

Er schaut mich überrascht an. "Hatte ich gesagt, dass ich zu meiner Tochter fahre?"

Ich schüttele den Kopf. "Dieser Zug fährt nach Hamburg. Ihre Tochter ist zu ihrem Mann nach Hamburg gezogen. Die Vermutung liegt nahe, dass Sie zu Ihrer Tochter fahren. Sie fahren doch zu Ihrer Tochter?", vergewissere ich mich dann doch noch einmal.

"Ja, ich fahre zu meiner Tochter", gibt er zu.

Nun ist unsere Neugierde wieder geweckt. Jahrelang war der Kontakt zu seiner Tochter gleich Null und nun auf einmal ein Weihnachtsbesuch. Ich habe da eine Ahnung. Bisher hielt seine Frau den Kontakt. Seine Frau ist nicht mit im Zug. Was ist mit ihr?

"Und trotz all dem fahren sie jetzt zu Weihnachten zu Ihrer Tochter. Das finde ich schön. Da wird sie aber überrascht sein", sagt die ältere Frau.

"Sie wird überhaupt nicht überrascht sein", antwortet er. "Sie hat mich eingeladen."

"Dann freut sie sich bestimmt, dass Sie die Einladung angenommen haben."

"Na ja", er zögert etwas. "Immer noch besser, als Weihnachten allein zu Hause."

Wie formuliert man taktvoll die Frage nach der Frau? Eine Frage, auf die man die Antwort eigentlich schon kennt.

Er erspart uns diese Frage. "Meine Frau ist im letzten Sommer gestorben."

Wir machen alle mitleidige nicht näher definierbare Geräusche, die er aber ignoriert.

"Bei der Beerdigung hatte mich meine Tochter zum Weihnachtsfest eingeladen und vor ein paar Wochen noch einmal angerufen. So bin ich jetzt unterwegs zu einer Tochter von deren Leben in den letzten elf Jahren ich so gut wie nichts weiß."

"Hat Ihre Tochter Kinder?", will die jüngere Frau wissen.

"Kinder? Weiß ich nicht", bekennt er.

"Haben Sie denn Geschenke dabei?", fragt die ältere Frau.

"Geschenke? Nein, habe ich nicht", brummt er mürrisch.

Wir schauen ihn alle etwas ungläubig an.

"Sie könnten doch den Kindern Zeit schenken und etwas mit ihnen unternehmen", schlägt Janni vor, die die ganze Zeit schweigend dagesessen hat. Und ich dachte schon, dieses Erwachsenengespräch würde sie furchtbar langweilen. Dabei hat sie aufmerksam zugehört und jetzt sogar einen Lösungsvorschlag parat.

"Eine prima Idee", wird sie von ihrer Mutter lä-

chelnd gelobt und strahlt übers ganze Gesicht zurück.

"Ja", nickt er dankbar. "Das wäre möglich."

Dieses Problem wäre also gelöst.

"Warum fahren Sie aber erst so spät zu ihrer
Tochter", fragt die jüngere Frau. "Sie hätte sich
doch bestimmt gefreut, wenn Sie schon früher gekommen wären."

Er schaut uns nachdenklich an. Überlegt, ob er
uns diese Information geben soll. Womöglich lässt
es einen noch tieferen Blick in sein Inneres zu.

Fast entschuldigend sagt er dann: "Wissen Sie,
meine Frau und ich haben früher Heiligabend immer um 16.00 Uhr die Kerzen am Weihnachtsbaum angezündet. Ich war heute um diese Zeit
noch bei ihr auf dem Friedhof."

Wir schweigen. Es ist ein friedliches Schweigen.
Wir schauen ihn mit weichem, warmen Blick an.
Es scheint, als würde er diese Blicke aufsaugen,
denn die verbitterten Falten in seinem Gesicht
werden etwas weniger hart.

Wieder wird der Zug langsamer. Sollten wir
schon den nächsten Bahnhof erreichen?

Im Lautsprecher wird der Halt in Büchen um
19.05 Uhr angesagt.

Bewegung entsteht auf dem Gang. Eine mehr-
köpfige Familie, deren Mitglieder alle die Bezeichnung "vollschlank" verdienen würden, quetscht

sich an unserer Abteiltür vorbei. Deren Reise ist also in diesem Ort zu Ende. Oder ob sie noch mit Bus oder Auto weiterfahren?

Auch wir werden bald aussteigen müssen. Werden uns verabschieden. Ob wir uns je wiedersehen werden? Jemals wieder etwas voneinander hören? Wir sind in dieser Heiligen Nacht einander sehr nahe gekommen. Was empfinden die anderen? Nur noch eine halbe Stunde und unsere Wege werden sich wahrscheinlich für immer trennen.

Der Zug hält. Ein langer Blick nach draußen verrät, dass es unterwegs wieder zu schneien begonnen hat. Hier in Büchen liegt schon eine geschlossene Schneedecke, durch die jetzt die vollschlanke Familie stapft.

Und schon bleibt Büchen mitsamt seinen übergewichtigen Besuchern zurück und wir nähern uns unserem Endbahnhof.

Für die ältere Frau und für den Mann wird in Hamburg die Reise zu Ende sein. Bestimmt werden sie am Bahnhof von ihren Kindern abgeholt. Janni und ihre Mutter werden noch ein bisschen weiterfahren bis Lübeck. Und ich? Ich weiß nicht. Vielleicht bleibe ich in Hamburg. Ich war noch nie in dieser Stadt, mal abgesehen von Bahnhofsaufenthalten bei Fahrten nach Lübeck. Ich könnte auch noch weiterfahren. Kiel, Lübeck, Bremen ...

oder was der Fahrplan in Hamburg sonst noch alles so hergibt.

Ob meine Mitreisenden ähnliche Gedanken über den Abschied haben? Die jüngere Frau schaut mich nachdenklich an. Dann wandert ihr Blick zu den anderen Mitreisenden.

Sie zieht sich ihre Tasche aus dem Gepäcknetz herunter und sucht ihr Handy heraus. Zu Janni sagt sie. "Ich muss mal telefonieren, bin gleich wieder da."

Dann geht sie auf den Gang, wählt eine Nummer und hält sich stumm das Telefon ans Ohr. Sie verzieht enttäuscht das Gesicht, drückt auf einen Knopf des Handys und schaut aus dem Fenster in die Dunkelheit.

Ich beobachte sie aus dem Augenwinkel.

Eine Handvoll Atemzüge später wählt sie erneut. Ihr Gesicht hellt sich auf. Sie beginnt zu sprechen, erst langsam und ernst, nickt, schüttelt den Kopf, nickt wieder (obwohl ihr Gesprächspartner oder ihre Gesprächspartnerin das nicht sehen kann). Hört zu, spricht erneut, eindringlicher. So geht es eine ganze Weile hin und her. Schließlich hellt sich ihre Mine auf, sie lächelt, nickt eifrig. Sie wirkt lebendiger, schaut zu mir durch die Scheibe der Abteiltür und strahlt mich an. Ihr Lächeln wird tiefer und ist in seiner Herzlichkeit ansteckend. Für einen Moment fühle ich mich durch diesen heiteren Blick erwärmt. Ich lächle auch, ohne zu wissen warum, freue mich einfach, dass sie sich freut.

Sie beendet ihr Gespräch, schiebt die Abteiltür auf und kommt mit diesem Strahlen im Gesicht zurück zu uns, setzt sich und ihre Augen leuchten mich an. Dieser Blick verunsichert mich und ich weiß nicht, was ich tun oder sagen soll.

"Ich habe eine Überraschung für Sie", sagt sie endlich in meine Richtung.

Ich hebe erstaunt die Augenbrauen, sage aber nichts, sondern schaue sie nur abwartend, neugierig an. Eine Überraschung? Für mich? Und das am Heiligabend. Na da bin ich gespannt. Ich kann mir in keiner Weise denken, was das sein könnte. Aber irgendwie muss das mit ihrem Telefonat zusammenhängen. Als ich mit meinen Blitzüberlegungen so weit gekommen bin, habe ich eine Ahnung von dem, was jetzt kommen wird.

Sie weidet sich ein bisschen an meiner Spannung, bevor sie fortfährt: "Ich habe mit meinen Geschwistern telefoniert. Wir würden uns freuen, wenn Sie den Heiligabend mit uns verbringen würden."

Erwartungsvoll schaut sie mich an. Auch die erstaunten Blicke der anderen wenden sich mir zu.

Janni ist die erste, die sich äußert: "Au fein, dann ist ja Lady auch bei uns."

"Das ist wirklich eine Überraschung", sage ich warm, obwohl meine Ahnung schon in diese Richtung ging. "Das Angebot ist sehr verlockend", und nach einer kleinen Pause: "Ich muss darüber erst nachdenken. Das kommt jetzt doch recht unerwartet."

Sie nickt, will mich ja nicht überrumpeln mit ihrer Einladung.

Und ich denke nach.

Ich wollte doch zu den Menschen, zu vielen unterschiedlichen. Ich könnte mir vorstellen, um Mitternacht in einer Kirche zu sein, zu sehen, welche Menschen dort sind. Nur einsame alte Menschen oder auch Familien mit Kindern? Wenn ich mit zur Familie der jungen Frau fahre, lerne ich zwar auch neue Menschen kennen, aber ich verlasse die Straße. Mein Weg wäre zu Ende. Aber noch bin ich nicht dazu bereit, noch nicht bereit, irgendwo anzukommen.

Ich weiß, dass ich sie jetzt enttäuschen werde. Und ich hoffe, dass sie es versteht.

"Es ist schon sehr ungewöhnlich am späten Heiligabend eine Einladung von einem fremden Menschen zu bekommen", beginne ich. "Ich hätte nicht gedacht, dass ich heute noch die Möglichkeit bekomme würde, neben einem Weihnachtsbaum zu sitzen. Aber so verlockend auch das Angebot ist, ich kann es noch nicht annehmen." Ich mache wieder eine kleine Pause und sehe sie an. Das Lächeln in ihrem Gesicht erlischt und macht Enttäuschung Platz. Sie tut mir leid. Ich habe der Frau ihr Geschenk an mich verdorben.

"Ich habe noch so viel vor in dieser Nacht", versuche ich zu erklären. "Ich habe schon viele interessante Menschen kennengelernt und außergewöhnliche Geschichten gehört. Aber ich glaube, ich bin noch nicht am Ziel meiner Reise angekommen."

"Und wo oder was ist das Ziel Ihrer Reise?", fragt mich der Mann.

Ich zucke leicht die Schultern. "Das werde ich wissen, wenn ich da bin", sage ich.

Er nickt. Gewissermaßen ähneln wir uns in unserer Reise. Beide wissen wir nicht, was uns am Ende erwartet. Für beide ist es eine Reise ins Unbekannte.

"Och, und ich habe mich schon so auf Lady gefreut." Auch Janni steht die Enttäuschung ins Gesicht geschrieben.

Ihre Mutter sucht wieder in ihrer Tasche und zieht ein abgegriffenes Notizbuch heraus. Mit einem Bleistift schreibt sie etwas hinein, reißt dann die Seite heraus und hält mir das Stück Papier hin. Ich nehme es und sehe eine Lübecker Adresse. Fragend schaue ich sie an.

"Vielleicht", sagt sie.

"Vielleicht", antworte ich und nicke verstehend.

Dann lehne ich mich in meinem Sitz zurück und schließe die Augen. Die anderen unterhalten sich leise. Aber ich mag jetzt nicht mehr erzählen und ich mag auch nicht mehr zuhören. Ich lasse mich von dem leisen Murmeln des Gesprächs, von dem sanften Ratten des Zuges, von dem Gefühl des Dazugehörens in den Arm nehmen und mein Inneres mit Zufriedenheit und Wohligkeit ausfüllen.

Ich schrecke hoch. Unruhe und Bewegung ist im Abteil entstanden. Jemand fasst mich vorsichtig an die Schulter und sagt dicht vor mir: "Hallo, aufwachen. Wir sind gleich da."

Ich schaue etwas desorientiert um mich. War ich etwa eingeschlafen?

Meine Mitreisenden sind schon dabei, sich ihre Mäntel und Jacken anzuziehen, Gepäckstücke aus der Ablage herunter zu wuchten und auf die Sitze zu stellen.

Auch ich mache mich fertig. Lady steckt den Kopf unter meinem Sitz hervor. Die Unruhe ist ansteckend. Sie ahnt und hofft wohl, dass es gleich hinausgehen wird.

Jetzt ist er also gekommen, der Augenblick des unwiederbringlichen Abschieds. Aber ich habe ja noch immer die Einladung. Und die anderen?

Erstaunt sehe ich, wie der Mann der älteren Dame in deren Mantel hilft.

Und noch verblüffter bin ich, als ich sie sagen höre: "Also wir sehen uns dann am zweiten Feiertag um 14.00 Uhr im Café Alte Post. Nicht vergessen!"

"Nein, nein", versichert er eilig. "Ich werde ganz bestimmt da sein."

Da habe ich doch wohl einiges verpasst.

Die anderen lachen, als sie mein Gesicht sehen.

"Tja, so geht es einem, wenn man mitten im Gespräch ein Nickerchen macht", sagt die ältere Frau augenzwinkernd zu mir.

Ich neige meinen Kopf verstehend in ihre Richtung und der des Mannes. Ich freue mich sehr über diese Entwicklung. Habe ich vorhin noch darüber nachgedacht, dass mit dem Eintreffen des Zuges in Hamburg jeder seiner Wege gehen würde, so hat sich doch bei den älteren Leuten eine Verabredung ergeben. Und auch ich habe ja noch den Zettel mit der Lübecker Adresse in meiner Jackentasche stecken.

Mit den Worten: "Gegen Sie doch zuerst. Sie müssen schließlich umsteigen", will ich Janni und ihrer Mutter Platz machen an der Abteiltür, damit sie rechtzeitig ihren Anschlusszug erreichen.

Aber sie winkt nur ab.

"Unser Zug nach Lübeck fährt erst in fünfundzwanzig Minuten", sagt sie. "Also können wir uns Zeit lassen und müssen nicht hetzen."

"Na und wir haben sowieso Zeit", sagt der Mann und schaut dabei die ältere Frau an, die zustimmend nickt. Erstaunlich, wie schnell er vom ICH zum WIR übergegangen ist. "Wir werden ja direkt vom Bahnhof mit dem Auto abgeholt."

"Aber vielleicht haben Sie es ja eilig." Die ältere Frau schaut mich fragend an.

Ich schüttele lachend den Kopf. Doch jetzt kommt Lady vollends unter dem Sitz hervor und mischt sich erwartungsfroh in das Gedränge im Abteil.

"Lady will ganz schnell an die frische Luft", freut sich Janni. Ich nicke und tätschle beruhigend den Hundekopf. Sie beginnt leise zu winseln und in Richtung Tür zu streben. Sie denkt bestimmt, jetzt geht es nach Hause. Was wird sie staunen (können Hunde staunen?), wenn sie in einer völlig fremden Stadt mit völlig fremden Gerüchen ankommt.

Der Zug rollt langsam in den Hamburger Hauptbahnhof ein. Das Quietschen der Bremsen wird ohrenbetäubend. Noch ein kleiner Ruck und wir stehen.

Der Gang vor unserem Abteil ist total verstopft. Geduldige und Ungeduldige mit großem und kleinem Gepäck, Familien und Alleinreisende schieben sich vorbei.

Ob noch irgendwo im Zug so eine erstaunliche

Reisegesellschaft entstanden ist wie bei uns?

Wir warten gemeinsam, bis sich der Menschenstrom im Gang lichtet. Dann schiebe ich die Tür auf und nacheinander streben wir dem Ausgang zu.

Wenn ich gedacht hatte, dass wir uns gleich auf dem Bahnsteig zerstreuen würden und jeder nur noch sein Ziel im Kopf haben würde, so habe ich mich getäuscht. Als kleines Grüppchen bleiben wir zusammen, ganz so, als wären wir eine große Familie mit Mutter, Kind, Tante, Oma und Opa. Gemeinsam gehen wir die Treppe hoch, Lady zottelt immer vorneweg.

Oben angekommen machen wir noch ein paar Schritte, so dass wir den Nachkommenden nicht im Wege stehen und stellen dann unser Gepäck ab, als hätten wir es vorher verabredet. Ich freue mich sehr, dass wir nicht einfach so auseinanderlaufen. Da ist in den wenigen Stunden im Zug eine Verbundenheit entstanden. Ist es dem besonderen Tag geschuldet oder bleibt da etwas, woran wir uns auch nach längerer Zeit noch gern erinnern werden?

Aber jetzt ist der Augenblick des Abschieds endgültig gekommen. Wir machen nicht viele Worte. Ein fester Händedruck, ein herzliches Lächeln sind ausreichend.

Der Mann und die ältere Dame nehmen ihr Gepäck wieder auf und gehen gemeinsam in Richtung Ausgang.

Wir Zurückbleibenden schauen ihnen nach, bis das Menschengewimmel sie unseren Blicken entzieht.

Dann sagt Jannis Mutter: "Wir müssen auf den Bahnsteig 7b. Dort fährt in 15 Minuten unser Zug ab." Nach einigem Zögen fügt sie noch hinzu: "Also, wenn Sie wollen ..." Sie spricht nicht weiter, aber ich weiß, dass sie ihre Einladung meint.

Ich beuge mich herunter und streichele Ladys Kopf. Sie ist sehr unruhig und winselt leise.

Dann schaue ich der fremden, vertrauten Frau ins Gesicht und antworte mit einem angedeuteten Kopfschütteln: "Es ist einfach noch zu früh für mich. Aber vielleicht später."

Sie nickt leicht, sagt nichts mehr. Alles ist gesagt. Ihre Reisetasche in der einen Hand, Janni an der anderen wendet sie sich ihrem Bahnsteig zu.

Janni streichelt noch einmal über Lady Kopf.

"Bis bald", sagt sie zu Lady und schaut dabei mich an.

Ich will nichts versprechen und antworte nur mit einem stillen, Lächeln.

Hamburg

Kurz darauf sind auch die beiden zwischen all den Menschen verschwunden.

Ich bin allein. Sollte mich das bedrücken? Nein. Intensive, ereignisreiche Stunden liegen hinter mir. Unbekannte, aber sicher nicht minder aufregende liegen vor mir. Man muss nur im Alltäglichen das Außergewöhnliche sehen können. Hat das mal eine bekannte Persönlichkeit gesagt? Ich weiß es nicht. Es klingt gut. Vielleicht ist es ja gerade meinem Hirn entsprungen.

Wieder sind alle Wege offen.

Lady ist ebensolcher Meinung und winselt in Richtung Frischluft. Sie wird wohl ein dringendes Bedürfnis haben.

Ich muss wohl einen Nebenausgang erwischt haben. Nachdem ich einem Gang gefolgt bin, der fast einen Halbkreis beschreibt, stehe ich plötzlich vor ein paar abgerissenen Gestalten. Zwischen wild wuchernden Bärten stecken Zigaretten, in blaugefrorenen Händen Bierflaschen. Drei Hunde wuseln frei herum und kommen schwanzwedelnd auf uns zu. Lady, der kleine Schisshase, drängt sich an mich und stellt zur Sicherheit eine bedroh-lich wirkende Bürste auf, die vom Nacken bis zum Schwanzansatz reicht. ‚Mein kleines Wildschwein', sage ich dann immer. Zu Hause würde ich sie ableinen und dann könnten sie mit den anderen Hunden Bekanntschaft schließen und gemeinsam herumtoben. Hier geht das natürlich nicht.

Ich gehe langsam weiter, ohne Angst, weder vor den Hunden noch vor diesen Menschen. Aus Er-fahrung weiß ich, dass sie harmlos sind.

Als ich fast vorbei bin, angle ich in meiner Ja-ckentasche nach meinen Zigaretten. Ich ziehe eine heraus und wende mich der Trinkergruppe zu. Erst jetzt sehe ich, dass da ein Jüngelchen bei ist, dem gerade mal der Bart anfängt zu sprießen. Sei-ne abgetragenen, viel zu dünnen Sachen schlot-tern um seinen mageren Körper herum. So ein Bürschchen muss doch noch eine Familie haben. Warum ist er nicht bei ihr?

Ich frage die Gruppe nach Feuer. Das Bürsch-chen streckt mir seine Kippe hin. Ich presse die Glut gegen meine Zigarette und ziehe kräftig.

"Das macht 'nen Euro", kommt es von ir-gendwem aus der Gruppe, nicht wirklich ernst-haft, eher hoffend, dass ich auf das Spiel eingehe.

"Warum nicht?", antworte ich und habe sofort die gespannte Aufmerksamkeit der ganzen Gruppe für mich.

"Heute schon was gegessen?", frage ich.

Einer mit einem zotteligen, grauen Bart schaut mich aus roten, trüben Augen an, hebt seine fast leere Bierflaschen und sagt: „Jau, die eine oder andere Bierstulle." Alle lachen, ich auch.

Ich gucke den Jungen an und fordere ihn auf: "Komm mit."

Er reißt die Augen auf. Unentschlossen tritt er von einem auf den anderen Fuß.

„Was wolln Sie denn mit dem Hänfling. Nehm' Sie lieber mich, da ist wenigstens was dran", röhrt ein Schrank von einem Kerl mit rotem Bulldoggengesicht. Alles grölt, ich nicht.

"Na komm schon", sage ich zu dem Bürschchen und weise mit dem Kopf über die Straßenecke hinweg zu einer Bäckerei. "Da kannst du was essen und dann zurück zu deinen Kumpels. Bist immer in Sichtweite."

Das beruhigt ihn wohl, denn er schließt sich mir und Lady an.

Ich binde Lady vor der Bäckerei am Fahrradständer fest und betrete den Laden zuerst, hinter mir der Junge. Die Verkäuferin blickt mich freundlich an und fragt nach meinen Wünschen. Über die Schulter frage ich nach hinten: "Was willst du?"

Jetzt kommt er zum Vorschein und der Gesichtsausdruck der Verkäuferin wandelt sich von freundlich zu abweisend.

Schüchtern geht er zur Ladentheke und zeigt auf eine Streuselschnecke.

"Na da wirst du aber noch nicht von satt", sage ich.

Er zeigt noch auf einen Berliner, schaut mich fragend an. Ich nicke aufmunternd und er wählt noch ein Schweineohr halb Schokolade, halb Zuckerguss. Ich bestelle zwei große Kaffee und auch für mich ein Schweineohr.

Ich bezahle dem Gesicht mit den verächtlich heruntergezogenen Mundwinkeln. Wir füllen Zucker und Milch in unsere Kaffeebecher und balancieren alles nach draußen an einen der Stehtische. Lady tut so, als hätten wir uns seit Tagen nicht gesehen und wird mit ein paar Streicheleinheiten beruhigt.

Das erste Stück Kuchen schlingt er in sich hinein, als würde er befürchten, ich könne es mir doch noch anders mit der Einladung überlegen und den Kuchen an den Hund verfüttern.

Ich knabbere an meinem Schweineohr immer ringsum, zuerst den harten Rand weg, bis nur noch das weiche Innere übrig ist. Das ist die einzig angemessene Art ein Schweineohr genussvoll zu verspeisen.

Ich beobachte ihn von der Seite her. Einen größeren Kontrast könnte es nicht geben. Vor einer knappen halben Stunde noch saß ich im warmen Zug zwischen satten, zufriedenen und selbstsicheren Menschen. Jetzt befinde ich mich mit einem hungrigen, schüchternen Straßenjungen am kalten Stehtisch.

"Warum bist du heute nicht bei deiner Familie?", frage ich.

Überrascht wirft er mir einen Seitenblick zu und schiebt sich dann den Rest der Streuselschnecke in den Mund.

"Weil ich hier bin", kommt es trotzig zwischen seinen kauenden Zähnen hervor.

"Das sehe ich, dass du hier bist."

"Und warum sind Sie nicht bei Ihrer Familie?"

Sieht man mir an, dass ich nirgendwo erwartet werde?

"Weil mich niemand eingeladen hat und ich nicht allein zu Hause sein wollte bin ich einfach losgefahren, ohne Ziel. Ins Blaue sozusagen."

"Ohne Ziel bin ich auch, einfach nur da sein, ohne dass mir einer Vorschriften machen kann." Er ist jetzt beim Berliner angelangt.

"Aber ich werde in ein paar Tage wieder in meinem Zuhause sein, ein Dach über den Kopf haben und arbeiten."

"Wie langweilig." Er leckt sich das Pflaumenmus von den Fingern. "Sind Sie ganz sicher, dass Sie in ein paar Tagen wieder zu Hause sein werden?" Er schaut mich aus plötzlich wachen Augen an.

"Wie meinst du das?" Jetzt bin ich aber doch neugierig.

"Na ja", nachdenklich sieht er mich an. "Vielleicht gefällt Ihnen ja das Leben auf der Straße, so ganz ohne Ziel, ohne Verpflichtungen, ohne Zwang. Bloß immer noch einen Tag und dann noch einen Tag und auf einmal ist es zu spät zum Umkehren."

"Ist es dir so gegangen? Immer von einem Tag zum anderen, bis es zu spät war?"

"No, ich bin ganz bewusst abgehauen von diesen Spießern."

"Du meinst deine Familie?"

Er beginnt das Schweineohr genauso rundherum abzuknabbern, wie ich es getan habe.

"Ja genau, die meine ich."

"Willst du mir von ihnen erzählen?"

Wieder ein schneller Seitenblick vom Kuchenteller her.

"Sind Sie von der Zeitung und brauchen noch 'ne herzzerreißende Weihnachtsgeschichte? Oder sind Sie die Reinkarnation von Mutter Teresa?"

Jetzt muss ich doch lachen. "Nein, keins von beidem. Ich bin nur unterwegs und neugierig auf das Leben und die Menschen, denen ich unterwegs begegne." Der Satz geht mir jetzt schon ganz locker über die Zunge.

"Hört sich ja ziemlich abgefahren an. Dann passen Sie mal auf, dass Sie nicht weggefangen werden und in 'ner Gummizelle landen."

Er ist auch mit dem dritten Stück Kuchen fertig und spült mit einem letzten Schluck kalten Kaffees nach. Mit den Fingern pult er sich ein paar Kuchenreste aus den Zähnen.

"Willst du noch was?", frage ich ihn.

"Ne Flasche Bier?"

Ich schüttele den Kopf. "Keinen Alkohol. Du kannst noch einen Kaffee bekommen."

"No. Zigarette?"

Ich krame das zerdrückte Päckchen heraus. Er bedient sich. Mit einem silbernen Feuerzeug will er sich seine Zigarette anzünden, besinnt sich dann und gibt zuerst mir Feuer. Ich bedanke mich und wir rauchen eine Weile vor uns hin.

"Was ist nun mit deiner Familie?"

"Dickes Auto, dickes Portmonee, dickes Haus, dicke Scheiße", presst er verächtlich zwischen den Zähnen hervor.

Ich schweige.

"Da staunen Sie, was? Sie dachten bestimmt, ich komme aus so 'ner kranken Alki-Familie. Is nich. Mein Alter ist Zahnarzt, hat Kohle ohne Ende, aber nie Zeit. Meine Mutter hat viel Zeit, aber ständig mit sich beschäftigt."

"Das ist doch kein Grund, von zu Hause abzuhauen. Du kannst mir doch nicht erzählen wollen, dass du dich in der Truppe am Bahnhof wohler fühlst", versuche ich ihn weiter zum Sprechen zu animieren.

"Na ja, da war ich nur durch Zufall heute. Meistens bin ich mit dem alten Blinky unterwegs. Er spielt Mundharmonika und ich pass auf, dass ihm keiner die Einnahmen klaut."

"Ach, dann bist du sein Bodyguard?" Ich kann nicht verhindern, dass meine Stimme leicht spöttisch klingt.

"Ich hab früher Tek-Wan-Do trainiert. Das denkt keiner und unterschätzt mich leicht. Aber ich nehm's mit jedem auf." Zum ersten Mal höre ich etwas wie Stolz in seiner Stimme.

"Trainierst du jetzt auch noch?"

"Kann ich mir jetzt nicht leisten, da fehlt die Kohle."

"Also, warum bist du denn nun von zu Hause weg? Bloß weil dein Vater und deine Mutter keine Zeit für dich hatten, ist ja wohl kein Grund. Oder gab's in der Schule Stress?", bohre ich erneut.

"No, Schule war okay, hab meinen Abschluss sogar mit Auszeichnung geschafft." Noch mehr Stolz. "Aber meine Alten halten mich für krank und pervers. Hatten mich sogar zu so 'nem Psychodoc geschleppt."

Ich ziehe überrascht eine Augenbraue hoch. "Du scheinst aber ganz normal zu sein."

"Das sagen Sie. Ich hatte vor 'nem Jahr einen Freund. Meine Erzeuger waren dagegen. Dann bin ich zu ihm gezogen. Das war aber auch nach ein paar Monaten vorbei. Nach Hause konnte ich nicht mehr. Also bin ich jetzt hier."

"Du bist schwul", stelle ich ganz sachlich fest.

Er schaut mich forschend an, sucht nach Ablehnung und Ekel in meinem Gesicht und meiner Stimme. Er findet Interesse, Verständnis.

"Wissen deine Kumpels da drüben", ich weise mit dem Kopf zum Bahnhof hinüber, "dass du schwul bist?"

Die Selbstverständlichkeit, mit der ich das Wort ausspreche ohne ein ‚ähhh' oder ‚ähm' davor, schafft Sympathie.

"Das sind nicht meine Kumpels und sie wissen es nicht."

"Und wie soll's nun weitergehen mit dir? Toller Schulabschluss und dann betteln auf der Straße?"

"Was denken Sie denn, wie das gehen soll? Ich hab keine Kohle, also kann ich nicht mal 'nen Zimmer in einer WG bezahlen. Also bekomme ich auch keinen Studienplatz oder Lehrstelle, nicht mal 'nen einfachen Job."

"Warst du schon mal beim Jugendamt oder so

was?" So richtig kenne ich mich da auch nicht aus. Aber wenn der Junge nicht bald von der Straße kommt, dann wird wahrscheinlich keine Kraft und kein Wille mehr da sein, die eigene Situation zu ändern.

"Die schicken mich wieder nach Hause. Werde nicht als sozial schwach eingestuft. Also keine Unterstützung." Resigniert zuckt er die Schultern.

Das muss ich ihm erst mal so glauben, denn auch da fehlen mir die erforderlichen Kenntnisse.

"Hast du, außer deinen Eltern, niemanden, zu dem du gehen könntest? Also, ich meine jetzt Verwandtschaft."

Er überlegt. Er überlegt wirklich, das ist ihm anzusehen. Er tut nicht nur so. Da interessiert sich jemand für sein Leben, ein wildfremder Mensch. Er will diesen wildfremden Menschen nicht enttäuschen. Er will mich nicht enttäuschen.

"Na ja", beginnt er schließlich zögernd. "Da ist meine Tante Frauke. Aber zu der haben wir schon seit Jahren keinen Kontakt mehr, seit sie geschieden ist. Irgendwer meinte mal, sie würde mit einer Frau leben." Er stutzt. "Ob das erblich ist?", fragt er dann, über seinen eigenen Gedankengang verblüfft.

Ich zucke unbestimmt die Schultern. Auch mit dieser Frage habe ich mich noch nie auseinandergesetzt.

"Und wo wohnt deine Tante?" Ich befürchte etwas wie Stuttgart, Osnabrück oder München.

Aber er antwortet: "Lübeck."

Na, das ist ja ein Zufall. Offensichtlich will mich mein Schicksal unter allen Umständen nach Lübeck lotsen.

"Ruf sie an", fordere ich ihn auf.

"Wie denn? Ich kenne ja ihre Nummer nicht und wenn, ist meine Handykarte schon lange leer. Da geht nichts mehr"

Ich verziehe mein Gesicht. "Nun gib mal nicht gleich auf."

Aus meinem Rucksack hole ich mein Handy hervor und reiche es ihm. Ich hoffe, dass er sich nicht plötzlich damit aus dem Staub macht. Den jungen Burschen würde ich nie einholen.

Aber er denkt gar nicht dran. Er dreht das Handy unschlüssig in der Hand.

"Ruf die Auskunft an. Vielleicht steht sie ja im Telefonbuch. Ich schreibe die Nummer mit und dann versuchst du dein Glück. Ein fehlgeschlagener Versuch ist immer noch besser als gar keiner."

Ich lege mir Notizheft und Bleistift zurecht, dann nicke ich ihm zu.

Er holt tief Luft, wählt die Auskunft, sagt Namen und Wohnort an. Zehn Sekunden gespannter Pause und er diktiert mir eine Telefonnummer.

Als er das Gespräch beendet hat, stößt er die

Luft aus, als hätte er in der letzten Minute das Atmen vergessen.

"Das ist ja 'nen Ding. Sie wohnt wirklich noch in Lübeck." Er wirkt auf einmal viel lebendiger. Da ist eine Möglichkeit, endlich aus dieser perspektivlosen Situation heraus zu kommen. Das Leben vielleicht wieder auf die Reihe zu kriegen.

Aber schon hat er neue Bedenken: "Was soll ich ihr denn sagen? Ich kann sie doch nicht mit der Frage überfallen, ob ich bei ihr wohnen darf."

"Warum nicht? Versuche es."

"Und wenn sie mich nicht sehen will?" Er zögert, dann: "Ja ja, ich weiß schon. Ein fehlgeschlagener Versuch ist besser als gar keiner." Wir grinsen uns an.

Er holt wieder tief Luft, zieht sich mein Notizheft heran und wählt. Eine Weile passiert nichts. Dann beginnt er zu reden, erst langsam, dann immer schneller. Er erzählt von seinen Eltern, seinem Freund, seinem Leben auf der Straße. Er schweigt, hört zu, beantwortet dann Fragen. Schließlich der entscheidende Satz: "Ich weiß nicht mehr weiter, kann ich zu dir kommen?"

Wir halten beide die Luft an. Er hört wieder zu. Ich versuche aus seiner Mimik, die Antwort abzulesen. Ein Lächeln verschönt das bis dahin müde wirkende Gesicht. Es ist, als würde der ganze Bursche von innen her zu leuchten beginnen. Seine

Schulten straffen sich. Es hat den Anschein, als wäre er um einige Zentimeter größer geworden.

Dann spricht er von mir. Was er da alles erzählt macht mich verlegen. Ich stippe mit dem Zeigefinger die letzten Krümel von meinem Pappteller und schiebe ihn dann hin und her. Auch ich bin nicht frei von Kompensationshandlungen.

Mitten im Gespräch wendet er sich mir zu.

"Meine Tante lässt fragen, ob Sie mir das Fahrgeld bis Lübeck auslegen würden. Sie holt mich vom Bahnhof ab und würde es Ihnen irgendwie schicken oder überweisen."

Ich bin eine Frau von schnellen Entschlüssen.

"Kein Problem. Da ich kein bestimmtes Ziel habe, kann ich genauso gut auch mit nach Lübeck fahren. Deine Tante kann mir das Geld direkt am Bahnhof geben."

Sein Strahlen wird immer intensiver, so dass ich schon Angst bekomme, er könne vor Freude platzen.

Er teilt meine Entscheidung seiner Tante mit, beendet das Gespräch und gibt mir das Handy zurück. Es ist Zeit zu gehen.

"Na dann los", sage ich. Auch Lady ist froh, dass es endlich weitergeht. Das untätige Warten und Sitzen gefällt ihr gar nicht.

"Besser ist, wir nehmen den Haupteingang." Er weist mit dem Kopf zu der Truppe, bei der ich ihn aufgelesen habe. "Ich will da nicht noch mal dran vorbei." Dann überlegt er: "Vom alten Blinky hätte ich mich schon gerne verabschiedet. Der war immer gut zu mir. Bestimmt macht er sich Sorgen, wenn ich auf einmal einfach so verschwinde."

"Ist er bei denen mit dabei?", frage ich.

Er nickt.

"Na dann solltest du das auch tun."

Wir gehen über die Straße. Bei der Gruppe bleibt er kurz stehen, wendet sich einem der Männer zu und sagt: "Ich komm nicht mehr wieder. Ich fahre nach Hause." In seiner Stimme ist so viel Zuversicht und Hoffnung, dass ihn die anderen neidisch anstarren.

Der Mann zu dem er gesprochen hat sagt nur: "Dann mach das und viel Glück, Lütter."

Wir gehen weiter.

Im Bahnhof angekommen steuern wir sofort den Fahrkartenschalter an.

"Wann geht der nächste Zug nach Lübeck?", erkundige ich mich.

"21.10 Uhr ... in zwölf Minuten ... ein Erwachsener?"

"Ähm ... nein ... zwei Erwachsene, ein Hund."

"Ein Hund?"

Der Mann macht sich die Mühe, aufzustehen und über seinen Tisch hinweg nach Lady Ausschau zu halten. "Ja, DAS ist wirklich ein Hund

und kein Handgepäck."

Kurzes Rattern eines Druckers und er reicht mir die Fahrkarten. "Ein Erwachsener, noch ein Erwachsener, ein Hund." Er hebt den Blick und wir tauschen ein Lächeln.

Ich bedanke mich, bezahle und die zwei Erwachsenen und der eine Hund (der kein Handgepäck ist) machen sich eilig auf den Weg zum angegebenen Bahnsteig. Der Doppelstockzug steht schon bereit und wir suchen uns im oberen Bereich unsere Plätze, so dass auch Lady bequem unter meinem Sitz liegen kann.

Wir sind noch dabei unsere Jacken an zwei Haken zu hängen, da ruckt der Zug auch schon an. Unglaublich. Noch vor zirka 40 Minuten stand das Bürschchen ... da fällt mir ein, ich weiß nicht mal seinen Namen. "Wie heißt du eigentlich?"

"Ich heiße Sven ... Sven Heggendorp." Fragend schaut er mich an.

"Ach ja, ich heiße Carola."

Also, zurück zu meinem Gedanken. Der ist jetzt weg. Auch egal.

Wir unterhalten uns über dies und das. Ich frage ihn, was er sich so für sein weiteres Leben vorstellt. Er möchte Musiker werden. In der Schule hat er drei Jahre in einer Band mitgespielt. Schlagzeug. Würde ich ihm gar nicht zutrauen. Schlagzeuger habe ich mir immer sehr muskulös vorge-

115

stellt. Aber er möchte auch einen Beruf lernen. Gärtner würde ihn interessieren.

Der Zug hält ein paar Mal unterwegs. Wir beobachten die ein- und aussteigenden Leute und denken uns kurze Geschichten zu ihren Zielen aus.

Lübeck

Die 40 Minuten bis Lübeck vergehen wie im Flug. Unser Bahnhof wird angesagt.

Ein paar Minuten später stehen wir auf dem Bahnsteig.

"Siehst du deine Tante schon?", frage ich ihn überflüssigerweise, denn würde er sie sehen, wäre er wohl schon losgedüst.

Wir schließen uns dem Menschenstrom an, der uns die Treppe zur Bahnhofshalle hinaufträgt. Sven lässt seine Augen über die wartenden Menschen streifen. Er ist aufgeregt, wie ein Jagdhund, bevor der von der Leine gelassen wird. Er möchte etwas tun, er möchte sich beweisen, er möchte zeigen, dass er seine Menschen nicht enttäuschen wird.

Auch ich bin erwartungsvoll. Ich fühle mich verantwortlich. Ich habe diesen Jungen nach Lübeck gebracht, ohne zu wissen, was ihn hier erwartet. Vielleicht war es ein Fehler. Vielleicht wird alles noch viel schlimmer. Aber was kann schlimmer sein, als das Leben auf der Straße bei diesen Trinkern? Nichts kann schlimmer sein, versuche ich mich zu beruhigen. Doch!, ruft es in meinem Kopf. Ich versuche die Stimme zu ignorieren, ihr das Recht abzusprechen, sich einzumischen in meine Freude über die offensichtlich gelungene gute Tat.

In der Bahnhofshalle treten wir aus dem Strom heraus und lassen wieder unsere prüfenden Blicke über die Menschen gleiten. Wir schauen uns an und erkennen die eigene Nervosität in den Augen des Anderen.

Du hast einen Fehler gemacht! Du hast einen Fehler gemacht!, schreit es jetzt unaufhörlich in meinem Kopf. Die Stimme lässt sich nicht mehr unterdrücken.

"Hallo, du musst Sven sein", spricht uns von hinten eine warme, feste, etwas atemlose Frauenstimme an. Die Herkunft ist eindeutig "fischköppig". Ich mag diesen Klang. Er ruft eine Ahnung von Weite, Meer, Schiffen und Abenteuer in mir hervor. Ich denke an Störtebeker und Hansekoggen. Ich sehe grogtrinkende Fischer mit schrundigen Händen und lausche ihren Erzählungen von Seeschlangen und Meerjungfrauen.

Noch im Umdrehen fällt aller Zweifel an der Richtigkeit meines Tuns von mir ab. So eine Stimme kann nur zu einem guten Menschen gehören. Meine Ratio zeigt mir einen Vogel, aber mein Bauchgefühl weiß, dass ich Recht habe.

Hellblaue Augen unter einem blonden Pony in

einem rotwangigen Gesicht strahlen uns an. Vor uns steht eine große, robuste Frau, etwa in meinem Alter und streckt uns eine kräftige, breite Hand hin.

Sven will die Hand ergreifen, aber die Frau schließt ihn in die Arme und sagt weich: "Schön, dass du da bist."

Wir geben uns die Hand und sie begrüßt mich mit: "Hallo, ich bin Frauke Heggendorp."

"Carola Sperber", stelle ich mich vor und erwidere ihren festen Händedruck.

Wir stehen ein bisschen unschlüssig herum. Ich will mich verabschieden, die beiden allein lassen, aber Sven stößt seine Tante an und raunt ihr zu: "Das Fahrgeld."

Sie zieht ein abgegriffenes Portmonee aus der Tasche. Ich nenne den Preis und sie sucht das Geld passend heraus. Dann gehen wir langsam in Richtung Ausgang, verlassen den Bahnhof und machen schließlich vor einem Jeep Halt.

"Kann ich Sie irgendwo hinfahren? Haben Sie schon eine Unterkunft?" Sie schaut mich forschend an. Was sie wohl von mir hält? Hoffentlich lädt sie mich nicht zu sich nach Hause ein.

"Nein danke, ich komme schon zurecht."

Noch ein letzter nachdenklicher Blick, ein kräftiges Händeschütteln, ein: "Pass auf dich auf!", an Sven und das Auto rollt in die Nacht, verschwindet hinter einer Häuserecke und ich bin wieder mal allein. Ich denke an mein Notizheft mit der Telefonnummer, die mir Sven in Hamburg diktiert hatte. Irgendwann werde ich anrufen und nach ihm fragen.

So wie beim ersten Mal, fühle ich mich auch jetzt nicht verlassen. Ich stecke die Hand in die Jackentasche und schließe die Finger um den Zettel mit der Lübecker Adresse. Mir wird warm und es ist, als wäre die Nacht ein wenig heller.

Ich schaue auf die Uhr. Es ist kurz nach 22.00 Uhr und mein Magen signalisiert mir, dass es Zeit ist, ihn mit Nahrung zu versorgen. Auf das Mozzarellebaguett vom Berliner Hauptbahnhof habe ich nicht den geringsten Appetit. Also werde ich mir In der Innenstadt eine gute Gaststätte suchen. In Lübeck wimmelt es nur so von angenehmen Lokalitäten.

Auf dem Weg Richtung Holstentor zieht Lady mich auf eine von Schnee bedeckte Freifläche. Sie zerrt mich mal in die eine Richtung, dann in eine andere. Ich lasse ihr ihren Willen, weiß ich doch, was jetzt kommt. Endlich scheint sie die richtige Stelle gefunden zu haben und hockt sich hin. Die Hinterlassenschaft nehme ich mit einer der vorsorglich eingepackten Plastiktüten auf und entsorge sie in einem Papierkorb. Ja, ich weiß, dass man das nicht dorthin werfen soll, aber immer noch besser, als das Häufchen in der Landschaft liegen lassen.

Ich überquere die Holstenbrücke. Die Altstadt von Lübeck wird größtenteils von der Trave umflossen und liegt auf einer Halbinsel.

Zehn Minuten später stehe ich in der menschenleeren Innenstadt. Alle Gaststätten, an denen ich bisher vorbeikam, hatten geschlossen.

In der Fußgängerzone träumen verlassene Weihnachtsmarktbuden vor sich hin. Ich schlendere die Breite Straße weiter. Irgendwo muss es doch noch etwas geben. Kurz vor Sankt Jacobi laden die gedämpften Lichter einer Bar und leichte Musik zum Eintreten ein. Vorher studiere ich die Speisekarte, die an der Tür hängt und diese Bezeichnung eigentlich nicht verdient. Ich bin unschlüssig, zögere, drehe mich dann um und gehe langsam zurück. Nach Bratwurst und Schnitzel ist mir nicht. Am Heiligabend hätte ich mir ein angemessenes Festmahl gewünscht.

Am Bahnhof hatte ich doch ein Irish Pub gesehen. Ich habe es nicht eilig. Mir ist warm und der Hunger hält sich noch in Grenzen. Nur etwas einsam komme ich mir jetzt doch vor in dieser wie ausgestorben wirkenden Stadt. Die dunklen Scheiben der vielen tagsüber belebten Läden sind wie blinde Augen. Ich schaue in sie aber sie geben nur mein eigenes Spiegelbild zurück. So wie große und kleine Schaufensterscheiben wechseln, erhasche ich flüchtige Blicke auf eine Gestalt, die nicht ich sein kann. Bevor ich mich vor ein paar Jahre auf die Eröffnung der Hundeschule vorbereitete, war ich Lehrerin. Es kam vor, dass ich an der Tafel stand, etwas anschrieb und plötzlich wie aus mich selbst heraustrat und neben mir stand und mich beobachtete. Jedes Mal betrachtete ich mich mit dem gleichen Erstaunen und der gleichen Überraschung, wie ich grammatische oder orthographische Regeln an die Tafel schrieb, um sie den Schülern an Beispielen zu verdeutlichen. Regeln, die mir selbst als Kind in dem Alter wie ein Rätsel in einer fremden Sprache vorgekommen waren, dessen Sinn mir verschlossen geblieben war und dessen logische Verläufe ich nicht hatte erfassen können. Das waren nur Sekundenbruchteile, aber immer verblüffte es mich von Neuem, dass ich dort stand und schrieb und sprach und niemand ahnte oder wusste, wie ich selbst darum gerungen hatte, wie verzweifelt und zornig ich gewesen war, es nicht verstehen zu können. In diesen Momenten war mir klar gewesen, wie wenig es uns möglich ist, andere Menschen in all ihren Facetten zu erkennen. Alles was wir sehen ist nur Stückwerk, ist niemals die ganze Persönlichkeit. Und ich war mir nicht ganz sicher gewesen, ob ich darüber traurig oder glücklich sein sollte.

Wenn auch mich die Menschen, mit denen ich Umgang pflege, nicht so sehen, wie ich mich sehe, was sehen sie dann? Kann ich an ihren Reaktionen auf mich erkennen, wie sie mich sehen? Will ich eigentlich wissen, wie sie mich sehen? Es würde mich schon interessieren, was ein stiller Beobachter gerade jetzt bei meinem Anblick empfindet. Würde er eine heimatlose Person mit Hund sehen, die sich zu einer Zeit auf menschenleerer Straße herumtreibt, zu der neunzig Prozent der deutschen Bevölkerung mit ihren Familien heile Weihnachtswelt zelebrieren? Und wie sehe ich mich? Ich bin Störtebeker und Kapitän einer Hansekogge. Ich bin die grogtrinkenden Fischer mit den schrundigen Händen, das Seeungeheuer und die Meerjungfrau. Ich bin das Abenteuer.

Ich will noch nicht zum Bahnhof zurück, darum biege ich in die Fischergrube ab. Hier gibt es einige der für Lübeck so typischen Gänge und Höfe.

Die Straßen, die auf ‚Grube' enden, waren früher das Armenviertel der Stadt. Sie fallen in Richtung Trave ab. Die Innenstadt liegt auf einem Hügel. Dort wohnte die vermögende Schicht der Stadt. Und da es zu der Zeit noch keine Kanalisation gab, ergossen sich alle Abwässer durch diese Gruben in den Fluss. Bei starkem Regen wurde die Stadt saubergespült.

Vor einigen Jahren hatte ich an einer Führung

mit dem Nachtwächter der Stadt teilnehmen können, der uns durch die dunklen Gänge und Höfe
geleitet hatte. Diese Gänge und Höfe sind ein
Überbleibsel des mittelalterlichen Städtebaus. In
den Innenhöfen der Bürgerhäuser wurden die so-
genannten Buden errichtet, in denen die Beschäftigten des Gewerbes im Bürgerhaus wohnten. Die
Gänge und Höfe sind meist durch einen Durch-
gang im Straßenhaus zu erreichen, der lediglich
die Grundvoraussetzung erfüllen musste, dass
man einen Sarg hindurchtragen konnte. Noch bis
1960 waren die Gänge und Höfe in den Gruben
nicht an die Kanalisation angeschlossen. Einmal in
der Woche wurden mit einem Pferdefuhrwerk die
Eimer mit den Fäkalien der Bewohner abgefahren.
Keine sehr schöne Vorstellung. Heute sind die
kleinen Häuschen begehrtes Wohneigentum.

Ich besuche den Lüngreens Gang und den Grünen Gang, gehe an den Häusern vorbei und sehe
die weihnachtlich geschmückten Fenster. Herrn-
huter Sterne, Kugeln und Glöckchengehänge sind
liebevoll arrangiert mit Holzspielzeug und Püpp-
chen. Auf einem Fensterbrett sitzt eine große, weiße Katze. Ich finde diese Plastik ein bisschen de-
platziert zwischen dem Weihnachtsschmuck. Als
ich vorbeigehe, wendet die Katze mir den Kopf
zu. Das ist eine echte, lebendige und somit hat sie
auch das Recht dort auf ihrem Fensterplatz zu sit-

zen.

Ich sehe die erleuchteten Weihnachtsbäume und manchmal den flüchtigen Umriss eines Menschen. Und ich stelle mir vor, wie es dort in den hellen, weihnachtlich geschmückten Wohnungen sein wird. Der Duft von Lebkuchen und Kerzen mischt sich mit dem des Weihnachtsbratens, der auf dem Tisch steht. Alle sind festlich gekleidet. Aus dem Radio ertönt Weihnachtsmusik oder etwas Klassisches. Unter dem Tannenbaum liegen liebevoll verpackte Geschenke. Die ganze Familie ist zusammengekommen, Alte und Junge, Kleine und Große. Sie erfreuen sich an der Anwesenheit der anderen und lächeln. Sie fühlen sich gut aufgehoben in ihren Familien und genießen das Gefühl der Geborgenheit, der Nähe und der Wärme. Keiner sagt ein lautes oder böses Wort und sie gehen achtsam miteinander um. Vielleicht sind es Eltern in meinem Alter mit ihren erwachsenen Kindern und deren Kindern. Oder eine jüngere Familie mit kleinen Kindern und Omas und Opas dazu. Vielleicht spielt jemand auf dem Klavier oder sie singen gemeinsam Weihnachtslieder. Ich weiß natürlich, dass diese meine Vorstellungen kaum der Realität entsprechen werden. Dass diese Bilderbuchfamilie, die einem Heile-Welt-Weihnachtsfilm entnommen sein könnte, wahrscheinlich nirgends existiert. Aber wenn ich mir das vorstelle, dann ist in mir die Sehnsucht des Kindes, das nie ein solches Weihnachten erlebt hat. Manche Dinge lassen sich nicht mehr ändern. Und es liegt an uns, wie wir damit umgehen. Ich bin jetzt hier. Und es ist gut so. Würde ich jetzt in einer warmen Wohnung sitzen, mich mit Pfefferkuchen und Braten vollstopfen, hätten sich die alte Frau und der Mann aus dem Zug wahrscheinlich nie zu einem gemeinsamen Cafébesuch verabredet. Und Sven würde noch immer hungrig und frierend am Hamburger Hauptbahnhof stehen und versuchen, die Aussichtslosigkeit seines Lebens in Alkohol zu ertränken.

Es beginnt wieder leicht zu schneien. Vereinzelte Flocken torkeln durch das Licht der Straßenlaternen, unschlüssig ob es sich lohnt, zu Boden zu sinken, um dort in die schon weiße Masse getreten zu werden, oder ob das nochmalige Hochwirbeln durch einen Windstoß einen günstigeren Platz zum Beispiel auf einem Fenstersims oder einem Autodach garantiert.

Ich biege links in die Straße An der Untertrave ein und folge ihr, bis ich den Bogen zurück zur Fußgängerzone durch die Mengstraße schlagen kann. Ich komme an der, die Innenstadt beherrschenden Kirche Sankt Marien vorbei. Ob ich dort eintreten kann? Ich bin kein im herkömmlichen Sinne gläubiger Mensch, also kein Christ. Ich glau-

126

be an die eigene Kraft im Menschen, die uns immer wieder aufstehen lässt, wie schwer auch der Schlag gewesen sein mag, der uns getroffen hat. Aber ich sitze gern in einer Kirche. Für mich hat sie etwas Ruhiges, dass mich innehalten lässt von der Hektik des normalen Alltags. Ich kann dort sitzen, wie in einer Blase, nur für mich da sein und meine Gedanken ordnen. Manchmal bin ich schon zu überraschenden Einsichten gelangt.

Aber die Kirche ist völlig dunkel. Ich kann an allen Türen rütteln, es wird mir nicht aufgetan. Das verwundert mich nun doch. Heute soll doch der Geburtstag von Jesus Christus sein. Müssten da nicht alle Kirchen rund um die Uhr geöffnet haben? Ich bin etwas verwirrt und enttäuscht. Ein Blick auf die Uhr, sagt mir, dass es kurz nach 23.00 Uhr ist. Vielleicht wird die Kirche noch einmal um 24.00 Uhr geöffnet? Aber solange will ich nicht warten.

Ich gehe durch den Rathaushof auf den Marktplatz, um von dort wieder die Breite Straße zu erreichen und dann zurück zum Bahnhof, um dort zu schauen, ob der Irish Pub noch geöffnet hat.

Auch der Marktplatz ist dicht mit Weihnachtsmarktbuden zugebaut. Ich muss mich nach links wenden, um zur Straße zu kommen. Als ich durch den Seitenflügel des Rathauses hindurchtreten will, sehe ich dort unter einem Dachvorsprung etwas Längliches liegen. Meine Intuition sagt mir, dass das etwas Menschliches ist. Lady scheint der gleichen Meinung zu sein. Aber bei ihr ist es wohl weniger die Intuition als der Geruchssinn. Noch bevor ich sie zurückziehen kann, beschnuppert sie aufgeregt das eine Ende dieses Dinges. Bei genauerem Hinsehen erkenne ich einen Schlafsack, der jetzt in Bewegung gerät.

"Verschwinde, verdammte Töle!", knurrt es vom anderen Ende der erbärmlichen Schlafstatt. Ein unrasiertes Gesicht taucht auf.

"Was glotzt du so", werde ich angefahren.

Ich bewege mich nicht, ziehe nur Lady zu mir heran, so dass sie nicht mehr an den Schlafsack kommt. Jetzt schiebt sich auch ein Oberkörper hervor. Im Licht einer fernen Straßenlaterne ist nur schwer zu unterscheiden, welcher Teil des Kopfes von einer Fellmütze mit herunterbaumelnden Ohrenklappen bedeckt ist und in welchem Teil ein zottiger, schwarzer Bart wuchert. Um den Hals hat er einen dicken Schal in mehreren Windungen geschlungen. Der Oberkörper ist mit etwas Braun-Grau-Schwarzem bekleidet. Ist der Mann wirklich so dick, wie er wirkt oder hat er nur viele Lagen Kleidung übereinander gezogen? Er mustert mich, wie ich da schweigend stehe mit dem Rucksack und dem Hund an der Leine, ein bisschen verloren.

"Der Platz hier is schon besetzt. Das ist meiner. Schon immer", stößt er hervor.

Ohje, mache ich einen solchen Eindruck? Hält er mich für eine Stadtstreicherin, die ein geschütztes Plätzchen zum Übernachten sucht? Ja, wie sollte er auch nicht? Welcher Mensch mit einem Zuhause schlendert in der Weihnachtsnacht ziellos durch die verlassenen Straßen? Jeder, der aus welchen Gründen auch immer, jetzt noch unterwegs sein muss, strebt doch eilig und festen Schrittes seinem Ziel entgegen.

Ich könnte ihm jetzt philosophisch kommen und ihm meine Vorstellungen über Zeit und Raum und "schon immer" darlegen, aber ich sage nur: "Bin hier nur zufällig vorbeigekommen, will den Platz nicht." Warum mache ich mir eigentlich die Mühe, ihn zu beruhigen? Ich könnte doch einfach weitergehen.

Er windet sich weiter aus seinem Schlafsack heraus, bis er schließlich in seiner ganzen Größe vor mir steht und ich mich frage, wie so ein Berg von einem Mann in diesen Schlafsack gepasst hat. Trotz seiner Größe habe ich nicht eine Sekunde Angst vor ihm.

"Wo kommsten her? Du bist nich von hier, oder? Habe dich noch nie hier gesehen."

"Ich bin heute Abend aus Berlin gekommen."

Ungläubig starrt er mich an. Dann lacht er ein

Lachen, das Lawinen auslösen könnte.

"Haste was zum Essen mitgebracht aus dem großen Berlin?", fragt er spöttisch.

Ich grinse zurück und hole die Tüte mit dem Mozzarellabaguette aus meinem Rucksack hervor. Er lässt sich mit dem Baguette auf seinen Schlafsack plumpsen. Ich setze mich neben ihn. Die Gürkchen- und Tomatenscheiben haben das Brot schon ein bisschen aufgeweicht, aber das stört ihn nicht. Er schlägt seine Zähne hinein, als müsste er dem Baguette erst noch die Kehle durchbeißen und reißt einen großen Happen ab. Gierig kaut er. Dann hält er kurz inne, schaut mich von der Seite her an und quetscht ein "Danke" zwischen den schon wieder mahlenden Zähnen hervor.

Sorgfältig leckt er sich die Finger ab und angelt dann aus seinem Schlafsack eine braune Papiertüte heraus. Noch mehr Essen? Falsche Vermutung.

"Zum Nachspülen", sagt er und drückt von unten gegen den Boden der Tüte, so dass sich oben ein Flaschenhals hervorschiebt. Mit einem genießerischen Knurren dreht er den Schraubverschluss ab und nimmt einen langen Zug. Dann hält er mir die Flasche hin. Ein Gedankenfragment über pandemische Infektionskrankheiten blitzt durch mein Hirn, aber ich wische mit dem Handschuh über die Öffnung und nehme auch einen kräftigen Schluck aus der Flasche. Erst als ich absetze spüre ich das Brennen in meinem Rachen, dass sich die Speiseröhre entlang frisst und schließlich in meinem leeren Magen ankommt. Ich schnappe nach Luft und werde mit Klopfen auf meinen Rücken belohnt. Schließlich kann ich wieder gefahrlos durchatmen. In meinem Magen macht sich ein wärmendes Gefühl breit und mein Gesicht beginnt zu glühen.

Es ist an der Zeit weiter zu ziehen. Ich stehe mit etwas unsicheren Beinen auf. Ich fühle mich leicht und gut. In meinem Kopf ist eine angenehme Leere, keine bedeutsamen Gedanken, kein Sinnieren über den Zweck meines Daseins. Ich bin einfach nur ich.

"Ich geh dann mal wieder", sage ich.

Er winkt mir stumm zu und ist schon wieder dabei, seinen massigen Körper in den Schlafsack zu zwängen.

Als ich auf die Straße trete, fallen Schneeflocken dick wie kleine Wattebausche. Auf Ladys schwarzem Rückenfell schmelzen die Flocken nicht und bilden bald eine federweiche Schicht, die immer wieder abgeschüttelt wird.

Die Leichtigkeit meines Seins schwindet, als ich mit dem linken Fuß auf einem unter dem Neuschnee verborgenen Eisbuckel ausrutsche. Gerade noch so kann ich durch eine gegensteuernde Körperdrehung das Schlimmste verhindern und lande verhältnismäßig sanft auf meinem rechten Knie. Einen Moment verharre ich so. Völlig regungslos. Der Schreck lässt mein Herz rasen.

Und etwas passiert. Wie zu meiner Lehrerzeit trete ich aus mich heraus, mache ein paar Schritte zur Seite und sehe dieses Wesen. Da hockt es auf dem rechten Knie, beide Hände im Schnee, einen abgetragenen Rucksack auf dem Rücken, einen Hund an der Leine. Es hat den Kopf gesenkt, ist erstarrt, sein Atem geht stoßweise und riecht nach Alkohol. Auf der anderen Seite dieses knienden Stückes Mensch steht plötzlich Sven und wiederholt seine Worte von vor ein paar Stunden: "Vielleicht gefällt Ihnen ja das Leben auf der Straße, so ganz ohne Ziel, ohne Verpflichtungen, ohne Zwang. Bloß immer noch einen Tag und dann noch einen Tag und auf einmal ist es zu spät zum Umkehren."

Ladys kalte, nasse Hundenase an meiner Wange holt mich in die Wirklichkeit zurück. Mit einem Schlag ist das Bild verschwunden. Wieviel Zeit ist vergangen? Der Schreck hat mich ernüchtert.

"Wow", sage ich nur, stemme mich hoch und prüfe, ob alle Knochen und Gelenke noch funktionieren.

Von einem Auto nehme ich zwei Hände pulvrigen, frischen, flaumigen Schnees und reibe mir das Gesicht damit, bis es diesmal vor Kälte glüht und nicht vom Alkohol. Und noch einmal und noch einmal. Ich kann wieder klar denken. Und ich denke, dass ich nicht für das Leben auf der Straße geschaffen bin. Selbst, wenn ich zwei oder mehr Wochen ohne festen Wohnsitz leben würde, einfach mal, um auszuprobieren wie es sich anfühlt, würde ich jederzeit wieder in mein anderes Leben zurückkehren können. Würde ich umkehren wollen! Ich liebe meine Bequemlichkeiten viel zu sehr. Ist das spießig? Nein, es ist gesund. Und wenn die Bequemlichkeiten weg wären? Wenn ich erst Arbeit, dann Haus und schließlich alle meine materiellen Besitztümer verlieren würde? Auch dann wäre das Leben auf der Straße keine Option für mich. Ich bin nicht der Mensch, der aufgibt und ich habe Freunde, die mich nicht aufgeben lassen.

Vorsichtiger laufe ich weiter. Bis zum Bahnhof ist es noch weit. Ich biege in den Kohlmarkt ein. Geradeaus geht es zur Holstenbrücke. Der dichte Flockenvorhang lässt mich nicht weiter als vielleicht fünfzig Meter sehen. Jenseits dieses Vorhangs scheinen alle Gegenstände und Geräusche in einem Schwarzem Loch zu verschwinden. Kein Ding kein Laut dringt von dort an Auge oder Ohr. Durch mein Weiterlaufen verschiebt sich die Grenze meiner Welt, die auf einen Durchmesser von einhundert Metern zusammengeschrumpft ist. Neues taucht vor mir auf, Bekanntes entgleitet meiner Wahrnehmung, versinkt im unendlichen Universum des Flockenwirbels. Es geht mir wieder gut, ich bin noch immer neugierig, ein ganz klein bisschen müde und sehr hungrig.

Ich erreiche die Holstenbrücke. Ihr Ende ist bei diesem Schneetreiben nicht zu sehen, aber etwa in der Mitte sind die diffusen Umrisse einer schnee-überpuderten Gestalt zu erkennen. Regungslos steht sie da, verschmilzt geradezu mit dem Brückengeländer. Eine steinerne Brückenstatue? Im Näherkommen erkenne ich, dass dies eine sehr moderne Brückenfigur sein muss. Sie trägt Jeans, robuste Stiefel und eine Daunenjacke, soviel ist unter der Schneeschicht, die sie schon bedeckt, zu erkennen. Und ich habe auch noch nie gehört, dass sich vor den Gesichtern steinerner Brückenfiguren Atemwölkchen bilden. Langsam gehe ich vorbei. Mir kommt es eigenartig vor, ich bleibe in etwa zehn Metern Entfernung stehen, lehne mich auch gegen das Geländer und schaue verstohlen zurück.

Wenn dieses menschliche Wesen mich wahrgenommen hat, so ignoriert es meine Anwesenheit. Es steht nur da und starrt vor sich hin. Ich wende meinen Blick ab. Unter der Brücke erstreckt sich die Fläche der zugefrorenen Trave wie ein nachlässig in die Landschaft gespanntes weißes Band.

Ob ein aufprallender Körper die Eisschicht durchbrechen könnte?

Ich gehe drei, vier Schritte zurück und lehne mich wieder an das Geländer. Jetzt wendet die Gestalt den Kopf. Ich schaue in das Gesicht einer jungen Frau. Unter der Kapuze quellen schwarze Locken hervor. Dunkle Augen mustern mich nachdenklich, stufen mich ein in gefährlich oder ungefährlich. Der Blick gleitet zu Lady hinab. Wir müssen wohl harmlos wirken, denn sie wendet den Blick wieder ab und schaut erneut auf die Trave hinaus.

Unhörbar seufze ich in mich hinein. Ich sollte einfach weitergehen. Ich kann mich nicht um alle vereinsamten Seelen dieser Weihnachtsnacht kümmern. Ich habe Hunger und die Nässe des in meinem Kragen tauenden Schnees wird langsam unangenehm.

Aber mein Sprachzentrum scheint vom Rest des Gehirns abgekoppelt zu sein, denn ich höre mich sagen: "Ertrinken soll eine ziemlich unangenehme Todesart sein."

Die Frau wendet mir langsam den Kopf zu. Sie sieht mich wieder an, wachsamer, forschender diesmal. Aber sie sagt nichts, sie schaut nur. Dann dreht sie mir den ganzen Körper zu, stützt nur noch den linken Arm auf das Brückengeländer. Ich habe ihre Aufmerksamkeit.

Jede taxiert die andere, versucht zu erahnen, was die andere um diese Zeit, bei diesem Wetter auf diese Brücke getrieben hat.

"Kann ich Ihnen helfen? Möchten Sie darüber reden?", fragt sie mich schließlich mit angenehm dunkler, ruhiger Stimme. Die Stimmlage verrät mir, dass sie doch nicht mehr ganz so jung sein kann, wie es mir unter dem Schnee und der Kapuze schien.

Sie will mir helfen? Wie kommt sie darauf, dass ich Hilfe brauchen könnte? Ich bin ehrlich verblüfft und bekomme nur ein: "Ähm …", heraus. Sehe ich etwa hilfebedürftig aus? Sieht sie mich so? Da wären wir wieder bei: Wie sehe ich mich? Wie sehen mich die anderen? Wie sehe ich die anderen? Kann es da je eine Übereinstimmung geben? Kann man sich auch nur annähernd gegenseitig erkennen?

Die Frau kommt ein paar vorsichtige Schritte auf mich zu, schiebt ihre Hand auf dem Brückengeländer dichter an mich heran. "Kein Problem ist so schlimm, dass es nicht eine Lösung dafür geben würde. Schauen Sie, Sie haben diesen lieben Hund. Der braucht Sie doch bestimmt noch." Wie zur Bestätigung stupst mich Lady mit ihrer Nase an.

Jetzt kann ich mich doch nicht mehr zurückhalten. Ich lehne mit dem Rücken am Geländer und mein lautes, befreiendes Lachen schallt über die Brücke, wird von den Schneeflocken aufgesogen, weitergereicht, mit zu Boden genommen, um bei Tauwetter in die Trave gespült zu werden, von dort in die Nordsee zu fließen und die Welt zu umrunden, um irgendwann zu mir zurück zu finden.

Sie schaut mich ein wenig irritiert an, legt dann ganz vorsichtig ihre Hand auf meinen Oberarm und versucht, mich zu beruhigen: "Alles wird gut."

Ich entziehe mich behutsam ihrer Hand, wische mir die Lachtränen aus den Augen und kann schließlich nach Luft schnappend stammeln: "Danke für den Zuspruch. Aber sorry, das ist jetzt wirklich zu lustig. Sie nehmen an, ich hätte die Absicht meinem Leben ein Ende zu setzen. Und ich wollte eigentlich Ihnen Hilfe anbieten, weil ich dachte, Sie wollten sich von der Brücke stürzen."

"Ach, sah es danach aus?" Jetzt ist in ihrer Stimme Erstaunen.

"Ich weiß nicht", antworte ich. "Es kam mir nur komisch vor, dass da jemand um diese Zeit, bei diesem Wetter hier auf der Brücke steht und auf den Fluss hinausstarrt."

"Ja", sagt sie dann, "das ist sicher ungewöhnlich", und schaut wieder zum Fluss.

Wir stehen uns jetzt schweigend gegenüber und

wissen nicht recht, wie es weitergeht. Sollen wir uns mit einem: "Na dann noch eine gute Nacht", verabschieden oder ist das eine Gelegenheit die Einsamkeit der nächtlichen Stunden mit einem interessanten Gespräch zu beenden. Noch sind wir unschlüssig, da macht Lady vorsichtig den Hals lang und schnuppert dann intensiv am Handschuh der anderen.

"Na du riechst wohl den Hund, den ich heute Vormittag noch gestreichelt habe", sagt sie.

Ich würde gern etwas darauf antworten, aber irgendwie ist mein Hirn nach all den Erlebnissen der letzten Stunden wie leergefegt.

"Ist bei Ihnen wirklich alles okay?", fragt sie mich noch einmal.

"Ja, alles im grünen Bereich. Ich bin nur seit vielen Stunden unterwegs und inzwischen doch ein bisschen erschöpft." Das hört sich hoffentlich nicht wie wehleidiges Gejammer an.

"Dann ist es vielleicht das Beste, wenn Sie einfach nach Hause gehen."

"Also", ich ziehe das Wort lang, " das ist nicht so einfach und würde noch einmal ein paar Stunden dauern. Ich werde jetzt erst mal zum Bahnhof gehen, dort im Pub etwas essen und mir dann ein Hotelzimmer suchen."

"Ach Sie sind nicht von hier", sie mustert mich wieder abschätzend. "Im Pub gibt es übrigens nichts zum Essen. Dort können Sie höchstens etwas trinken. Aber auf dem Bahnhofsvorplatz ist ein Pizza-Döner-Imbiss. Nicht gerade gehobene Küche, aber es macht zur Not wenigstens satt."

"Sie kennen sich ja bestens aus. Leben Sie schon lange in Lübeck?" Ihrer Aussprache nach würde ich auf Süddeutschland tippen.

Wieder dieser forschende, überlegende Blick.

"Wissen Sie was", sagt sie dann, "ich mache Ihnen einen Vorschlag. Sie holen sich etwas Essbares aus diesem Imbiss. Nur zwei Minuten davon entfernt ist das Hotel Baltic. Dort finden Sie eine preiswerte Unterkunft. Ich habe in dem Hotel auch ein Zimmer. Sie können dort Ihren Döner oder was auch immer essen und ich hole Sie dann eine halbe Stunde später ab, wir gehen ins Pub, trinken ein Bier und Sie erzählen mir Ihre Geschichte. Ist das ein guter Vorschlag?"

Ich habe nichts dagegen einzuwenden. So hat sich die Suche nach einem Zimmer auch schon erledigt.

Anfangs laufen wir schweigend nebeneinander her. Dann fragt sie mich nach dem Namen meines Hundes und wie alt Lady ist. Ich gebe bereitwillig Auskunft und erfahre im Gegenzug, dass ihre Mutter einen fünfjährigen Foxterrier besitzt, den sie liebt und viel zu sehr verwöhnt. Heute Vormittag hatte meine Begleiterin ihre Mutter noch besucht und mit dem Hund gespielt.

Als ich den Imbiss betrete, treibt mir der Duft des Fleisches das Wasser in den Mund. Mein Magen zieht sich krampfhaft zusammen. Ich lasse mir einen Döner mit viel scharfer Soße einpacken. Am liebsten würde ich wie der Obdachlose an der Marienkirche sofort meine Zähne heißhungrig in das dampfende Brot und Fleisch schlagen.

Dann gehen wir zum Hotel. Ich bekomme ein kleines Einzelzimmer für fünfzig Euro mit Frühstück. Hunde sind kein Problem. Ich bin erleichtert.

Auf meinem Zimmer lasse ich den Rucksack vom schmerzenden Rücken gleiten und strecke mich erst einmal tüchtig. Lady bekommt noch ein bisschen Trockenfutter. Das Wasser aus ihrem Schüsselchen trinkt sie restlos aus und schaut mich auffordernd an. Ich fülle nach und sie schlappt noch zweimal mit der Zunge. Dann erkundet sie das Zimmer, schnüffelt in jeder Ecke.

Ich mache mich inzwischen etwas frisch und widme mich dann meinem Döner. Lady setzt sich artig in zwei Metern Entfernung hin und beobachtet mich beim Essen. Sie bettelt nicht, denn sie weiß, der letzte Happen gehört ihr. Nachdem ich vom letzten Brotstückchen sorgfältig die scharfe Soße geleckt habe, bekommt sie ihren Teil.

Ich schaue auf die Uhr. Seit unserer Ankunft

sind zwanzig Minuten vergangen. Also noch ein bisschen Zeit, bis es wieder losgeht. Ich lasse mich in den einzigen Sessel fallen, rutsche ganz tief runter, so dass mein Nacken auf der Lehne liegt und schließe die Augen.

Ein lautes Geräusch lässt mich zusammenzucken. Ich schrecke hoch. Überrascht schaue ich mich um. Es dauert einige Sekunden, bis ich wieder weiß, wo ich bin.

Das laute Geräusch wiederholt sich. Jetzt kann ich es als Klopfen an meiner Tür identifizieren. Schwerfällig winde ich mich aus meinen Sessel und öffne. Die fremde Frau schaut mich fragend an. Ich muss wohl sehr verschlafen wirken, denn sie fragt: "Nun, sind Sie noch bereit für ein Guinness zur Nacht und eine interessierte Zuhörerin?"

Als Lady sieht, dass ich wieder Jacke und Stiefel anziehe, steht sie schon schwanzwedelnd an der Tür. Eigentlich wollte ich sie im Zimmer lassen, aber wenn sie mich begleiten möchte, dann ist es auch okay.

Fünf Minuten später sind wir am Pub. Es ist kein Irish Pub, wie ich ihn mir vorgestellt habe, sondern eher ein Bier-Bistro. Egal, wir suchen uns einen Tisch im hinteren Bereich der kleinen Gaststube, denn die Eingangstür steht weit offen und ich habe für heute genug Frostluft getankt.

Unsere Ankunft hat das angeregte Gespräch des

dicken, fast glatzköpfigen Wirtes und seiner drei Gäste auf den Barhockern am Eichenholztresen unterbrochen. Neugierig mustern sie uns. Zwei Frauen und ein Hund in der Weihnachtsnacht. Na wenn das mal nicht genug Gesprächsstoff für die nächste Woche ist.

Hinter der Rückseite der dunkelrot gepolsterten Holzbank, an die ich mich lehne, muss die Heizung sein. Es ist, als würde ich an einem geheizten Ofen sitzen. Meine vom Rucksack beanspruchten Rückenmuskeln entspannen sich langsam.

Lady verschwindet unter meiner Sitzbank und die fremde Frau setzt sich mir gegenüber auf die andere Bank. Sie streicht sich ihre dunklen Locken aus der Stirn, die sich aber gleich wieder zu den Augenbrauen herabringeln. Ohne Jacke und Kapuze würde ich sie auf Anfang vierzig schätzen. Sie trägt einen edlen, schwarzen Rollkragenpullover. An ihrem linken Daumen entdecke ich ein kleines Tattoo, das irgendwie nicht zu ihrer sonstigen Erscheinung passen will.

"Ich heiße Regina", stellt sie sich vor und streckt mir eine feingliedrige, gepflegte Hand mit sorgfältig gefeilten Fingernägeln entgegen.

"Ich bin Carola."

Der Druck ihrer Hand ist erstaunlich kräftig. Und jetzt? Wie weiter?

Auf dem Tisch steht ein Aschenbecher, über den

ich mich zwar freue, aber erst einmal beiseiteschiebe.

Wir bestellen zwei Guinness und schweigen, bis das Bier vor uns steht. Nach dem ersten kräftigen Schluck fragt mich meine Begleiterin: "Haben Sie Lust, zu erzählen?"

"Haben Sie genügend Zeit, zuzuhören?", frage ich zurück.

Sie lacht auf. "Also, wenn ich heute Nacht von allem so viel hätte wie von Zeit, dann wäre es schön." Ist da ein klein bisschen ein bitterer Unterton in ihrer Stimme? Ganz gewiss werde auch ich sie später fragen, was sie in der Weihnachtsnacht dort auf die Brücke hinausgetrieben hat.

Zuerst überlegend, dann flüssiger beginne ich von meiner Reise durch die Nacht zu erzählen. Ich spreche davon, dass ich nicht allein sein wollte am Heiligabend, wie ich den Entschluss fasste, zu den Menschen zu gehen und wie ich schließlich die Idee mit dem Zug hatte. Ich lasse noch einmal die unterschiedlichen Personen in dem Zugabteil vor meinem inneren Auge Revue passieren und berichte von ihnen und ihrer Motivation, ihren Ängsten, Hoffnungen und Freuden, die sie in diesem Zug begleiteten. Ich schildere den inneren Kampf der beiden älteren Menschen, die von felsenfest verinnerlichten Wertungen abrückten und den Blick für Veränderungen öffneten. Wie sie be-

143

reit waren, feststehend Geglaubtes aus einer neuen Sichtweise heraus zu betrachten. Und wie beeindruckend ich den inneren Ruhepunkt der jungen Frau fand, der seine Wurzeln in einer glücklichen Kindheit hatte. Und natürlich vergesse ich Janni nicht und ihre Begeisterung für SOS Kinderdorf und die Zeitgutscheine.

An dieser Stelle versiegt mein Redefluss. Zu stark ist die Erinnerung an diese Stunden. Alle Menschen dort sehe und höre ich noch einmal ganz deutlich. Ich betrachte sie mit liebevollem Blick. Und ich weiß um den Adressenzettel, der in meiner Jackentasche steckt.

Ich habe eine sehr aufmerksame und geduldige Zuhörerin. Sie lässt mir die Zeit, die ich brauche um diese Erinnerungen zu betrachten und mich an ihnen zu erfreuen.

Schließlich kehrt mein Blick zu ihr zurück und ich erzähle von der nächsten Etappe meiner Reise. Sven, der Junge vom Hamburger Hauptbahnhof, ist der Mittelpunkt dieses Teils meiner Erlebnisse. Dieses schmale, verfrorene Bürschchen, wie er da anfangs misstrauisch seinen Kuchen verschlang und schließlich mit so viel Hoffnung und Zuversicht mit mir nach Lübeck fuhr. Manchmal braucht es so wenig, um einem Menschen zu helfen. Es muss nur jemand zur rechten Zeit am rechten Ort sein und schon kann die Weiche in diesem

Leben herumgeworfen werden und der Lebenszug fährt auf einmal in eine ganz andere Richtung, auf einer ganz anderen Strecke, von der kurz zuvor noch nichts zu erahnen war. Dass das allerdings auch in entgegengesetzter, also negativer Richtung möglich ist, ist mir schon klar.

Reden macht durstig und zuhören offensichtlich auch, denn unsere Gläser sind leer und ich bestellen für mich ein zweites Bier. Regina nimmt einen Tomatensaft. Ich schweige, bis die neuen Gläser vor uns stehen, trinke aber nicht gleich, sondern drehe das Glas unschlüssig auf dem Pappuntersetzer. Jetzt würde mein nächtlicher Streifzug durch Lübeck kommen. Wieviel kann ich davon erzählen? Meine Gedanken, die mich begleiteten, die ungewollt durch meinen Kopf geisterten, möchte ich für mich behalten. Also, fällt dieser Teil verhältnismäßig kurz aus. Von meiner Suche nach einer Gaststätte erzähle ich und von dem Obdachlosen, dem ich mein Baguette schenkte und der mir dafür einen Schluck aus seiner Schnapsflasche spendierte. An dieser Stelle zieht meine Zuhörerin die Augenbrauen hoch und die Mundwinkel runter. Im Nachhinein staune ich auch über mich, aber zu diesem Zeitpunkt, als es passierte, erschien es mir nicht bedenkenswert.

In meiner Erzählung stehe ich jetzt vor der Holstenbrücke, sehe die schneebedeckte Gestalt dort, laufe an ihr vorbei, bleibe stehen, gehe zurück um eventuell zu helfen und werde selbst für lebensmüde gehalten.

Ich stoße die Luft aus. So viel habe ich schon lange nicht mehr an einem Stück erzählt.

Um ein bisschen Zeit zu schinden, bevor ich sie nach ihrer Geschichte frage, ziehe ich mir den Aschenbecher heran und frage meine Begleiterin, ob sie etwas dagegen hat, wenn ich rauche. Sie schüttelt den Kopf und ich nehme eine Zigarette aus der Packung, stecke sie an und inhalieren den ersten Zug tief. Dann fällt mir ein, dass sie vielleicht auch raucht und ich halte ihr die Schachtel hin. Aber sie schüttelt wieder nur den Kopf.

Wahrscheinlich ahnt sie, dass ich sie gleich über ihr ,woher', ,wohin' und ,warum' fragen werde. Und sie muss sich schon jetzt entscheiden, ob sie reden möchte und nicht erst, wenn die Frage gestellt ist. Ich bin noch immer neugierig, neugierig auf das Leben und auf die Menschen mit denen ich ein Stückchen Weg gemeinsam gehe.

Ich steuere direkt auf mein Ziel zu: "Und was hat Sie in dieser Nacht veranlasst, auf der Brücke zu stehen und auf den zugefrorenen Fluss zu schauen?"

Sie antwortet nicht gleich, sondern angelt jetzt doch nach meiner Zigarettenschachtel, die ich auf den Tisch gelegt hatte. Auf ihren fragenden Blick nicke ich und sie nimmt sich eine Zigarette heraus und steckt sie an. Der erste Zug verrät die geübte Raucherin. Sie dreht die Zigarette unschlüssig zwischen den Fingern und legt sie dann im Aschenbecher ab.

"Nein, ich muss damit aufhören"; sagt sie. Und dann: "Ich bin nämlich ... ähm ja ... ich bin schwanger, im zweiten Monat."

Ich drücke ihre Zigarette aus. Sie schaut mich überrascht an und lächelt dann. Das erste Lächeln, das ich von ihr sehe.

"Möchten Sie erzählen, warum Sie am Heiligabend allein in dieser Stadt sind?", frage ich noch einmal.

"Na ja", sagt sie. Sie schaut auf ihre Hände, die nun nichts zu tun haben, nachdem ich ihre Zigarette eliminiert habe. "Da gibt es nicht viel zu erzählen. Im Gegensatz zu Ihnen bin ich ganz bewusst nach Lübeck gefahren und habe unterwegs auch keine aufregenden Abenteuer erlebt. Ich lebe in Bayreuth und habe dort eine Gemeinschaftspraxis mit einer guten Freundin." Sie lässt offen, welcher Art diese Praxis ist. Das soll mir auch egal sein. Ich nicke ihr aufmunternd zu und sie fährt fort: "Im Frühjahr habe ich auf einem Kongress in Berlin einen Mann kennengelernt, einen Kollegen. Wir hatten die gleichen Vorbehalte gegen bestimmte Behandlungsmethoden und sind uns dadurch nähergekommen. Anfangs war das rein fachlich. Wir hatten gemeinsame Gesprächsthemen und haben uns im Laufe der Woche auch außerhalb der Fachgruppe getroffen." Sie denkt nach, sucht wohl nach den richtigen Worten. "Nun ja", sagt sie schließlich, "wir haben uns ineinander verliebt. Am Ende der Woche war uns klar, dass wir uns wiedersehen wollten. Allerdings ist die Entfernung ein großes Problem. Er arbeitet in einer Klinik in Travemünde. Trotzdem haben wir uns noch zweimal zu einem Kurzurlaub in Berlin getroffen."

Sie stockt wieder. Die Entfernung kann nicht das einzige Problem sein. Mein Gespür sagt mir, dass da noch etwas ist. Mein Blick wird wachsam.

Sie weiß, dass ich weiß, dass das nicht alles ist. Sie ringt mit sich, mir auch den Rest zu erzählen. Unentschlossen zieht sie wieder die Zigarettenschachtel zu sich, öffnet sie, schließt sie, ohne sich zu bedienen und schiebt die Schachtel wieder weit von sich.

"Er ist verheiratet", sagt sie dann resigniert und sinkt bei diesen drei Worten ein wenig in sich zusammen. Nur ein wenig, nicht vollständig. Es bedrückt sie, aber es bestimmt nicht ihr Leben.

"Wir wollen uns morgen Mittag in Lübeck treffen. Ich weiß nicht, wie er es anstellen wird, sich am ersten Weihnachtsfeiertag von seiner Familie frei zu machen. Er will mit mir über einen Schwangerschaftsabbruch reden. Aber das kommt für mich überhaupt nicht in Frage. Ich habe mir schon immer ein Kind gewünscht. Und das bekomme ich auch allein groß. Die Hoffnung, dass er sich von seiner Familie trennen wird, habe ich inzwischen lange begraben." Diese letzten Sätze klingen emotionslos, sehr ruhig, bestimmt. Ist das nur Fassade oder hat sie durch das Verhalten des Mannes schon wirklich innerlich Abstand zu dieser Liebe genommen? Hat die Logik über das Gefühl gesiegt?

Ihr trauriger Blick und die ineinander verschlungenen Finger sprechen eine andere Sprache.

"Ein Kind, wie wunderschön. Ein neues Leben, was für eine wundervolle Aufgabe", meine Begeisterung ist echt, nicht etwa Trost. Sie schaut mich überrascht an, sieht das faszinierte Blitzen und Leuchten in meinen Augen und weiß, dass das Gesagte meiner innersten Überzeugung entspricht. Und ich spüre, wie etwas von meinem Enthusiasmus auf sie übergeht. Sie wirkt lebendiger, strafft sich wieder.

"Haben sie Kinder?", fragt sie mich

"Nein", antworte ich. "Das wäre dann wirklich schlimm, wenn ich Kinder hätte und doch am Heiligabend allein zu Hause sein müsste. Aber ich liebe Kinder und habe zwanzig Jahre als Grundschullehrerin gearbeitet, bevor ich meine Hundeschule eröffnete."

"Ach Sie haben eine Hundeschule? Das ist ja interessant. Vermissen Sie die Schüler nicht ein bisschen, wenn Sie Kinder doch so mögen?"

"Na ja, anfangs war es schon etwas gewöhnungsbedürftig. Aber ich gehe mit meiner Hundegruppe zwei- dreimal in jedem Jahr in meine ehemalige Schule. Dort lernen die Kinder im Rahmen des Sachkundeunterrichts den richtigen Umgang mit Hunden und ich zeige ihnen, wie man mit ganz wenigen Tricks einen Hund richtig erziehen kann oder wie man auf fremde Hunde reagieren sollte. Außerdem habe ich noch zu einigen ehemaligen Kolleginnen engen Kontakt. Zwei von ihnen kommen sogar regelmäßig mit ihren Hunden zu mir, um sie auszubilden."

"Einen Hund wollte ich mir auch immer anschaffen", sagt sie. "Aber ich habe einfach zu wenig Zeit." Sie stockt. Merkt wohl gerade, dass für ein Kind weit mehr Zeit da sein muss, als für einen Hund. Hat sie da vorher noch nicht drüber nachgedacht?

"Bei einem Kind ist das natürlich ganz anders", sagt sie schnell, weil sie wohl meinem Blick meine Gedanken entnehmen kann. "Die Zeit muss dann einfach da sein. Und meine Freundin wird dann eben die Praxis eine Weile allein führen müssen."

"Haben Sie schon mit Ihrer Freundin darüber gesprochen?"

"Nein", gibt sie zögernd zu. "Das werde ich gleich im neuen Jahr tun, wenn wir beide aus dem Urlaub zurück sind."

"Eins interessiert mich jetzt doch noch", gebe ich zu, "warum wollen Sie noch mit diesem Mann sprechen? Was erwarten Sie von dem Gespräch? Ist nicht schon alles klar? Er will sich nicht von seiner Familie trennen und das Kind will er erst recht nicht. Sie wollen das Kind unbedingt. Ist da dieses Gespräch nicht eigentlich überflüssig? Warum wollen Sie sich noch mit einem erneuten Treffen quälen?"

Sie antwortet nicht gleich. Ihre Augenbrauen ziehen sich zusammen und ihre Lippen werden schmal. Sie wiegt meine Worte gegen ihre Wünsche ab. Ist da doch noch ein ganz kleines Quäntchen Hoffnung?

"Ich will einfach einen klaren Schnitt." Das klingt ein bisschen lahm, mehr nach Ausrede als nach wirklichem Grund.

"Hat er das verdient?", setze ich nach.

"Wir haben uns mal geliebt."

"Aha", mache ich nur und diesem einen Wort ist meine ganze Skepsis anzuhören.

"Ich werde darüber nachdenken", weicht sie einer endgültigen Entscheidung aus.

Ich nicke nur. Den Entschluss muss sie ganz für sich allein treffen. Ich kann ihre Gedanken bloß ein bisschen anstupsen, aber abnehmen kann ich ihr die Wahl nicht.

Ein Blick auf die Uhr verrät mir, dass es kurz vor zwei Uhr ist. Ich recke mich demonstrativ. Sie versteht die Zeichen und lacht.

"Ja, es ist wohl wirklich an der Zeit, schlafen zu gehen."

Wir bezahlen jede ihre Rechnung. Lady merkt, dass es gleich losgeht und wuselt unter der Sitzbank hervor. Erst jetzt merken wir, dass wir die letzten Gäste sind. Auch der Wirt gähnt hinter vorgehaltener Hand und ist sicher froh, diese zwei Gästinnen loszuwerden, die so wenig getrunken haben.

"Eins weiß ich aber immer noch nicht", sage ich, als wir auf dem Weg zum Hotel sind. "Warum haben Sie da mitten in der Nacht auf der Brücke gestanden?"

"Ach, ich konnte nicht schlafen und wollte nicht allein in diesem Hotelzimmer hocken. Da bin ich eben noch ein bisschen spazieren gegangen. Und der Blick von der Brücke hatte so etwas Friedliches, Stilles."

"Und da muss ich daherkommen und Sie mit meinen Fragen bedrängen", sage ich halb im Spaß, halb im Ernst.

"Nein, das war schon gut so. Einiges ist mir in unserem Gespräch klarer geworden. Manchmal muss man gewisse Dinge nur aussprechen und schon ist es nicht mehr so verworren und kompliziert."

Dazu kann ich nur zustimmend nicken. Jedes weitere Wort wäre überflüssig.

Eine halbe Stunde später liege ich im Bett.

Lady hat sich mit einem Stöhnen (ja, auch Hunde können das sehr ausdrucksstark), welches wohl heißen könnte: "Wurde jetzt aber auch endlich Zeit!", auf den Bettvorleger fallen lassen. Wenige Sekunden darauf lässt sie sich auf die Seite rollen, streckt und reckt noch einmal die Beine mit einem wohligen Knurren weit von sich. Die Augenlider fallen zitternd über die Augen und mein Hund schläft. Leises Winseln und das Zucken der Beine verrät, dass Lady träumt und vielleicht die vielen aufregenden Erlebnisse der Nacht verarbeitet oder doch wieder nur Nachbars Katze auf den Apfelbaum jagt.

Wenn ich doch auch so schnell und problemlos einschlafen könnte. Aber sobald ich die Augen schließe verwirrt sich alles kreuz und quer in meinem Inneren. Die Menschen, denen ich in der letzten Nacht begegnet bin, kennen sich auf einmal alle und reden wild durcheinander. Janni rät Regina schon immer mal Zeitgutscheine für ihr zukünftiges Baby anzusparen. Die beiden alten Leute aus dem Zug wollen Sven adoptieren und dazwischen torkelt der Obdachlose von der Marienkirche und bietet allen aus seiner Schnapsflasche an. Auf einmal kommen alle auf mich zu und fragen mich um Rat. Sie kreisen mich ein und kommen immer näher. Jetzt sind es nur noch ihre Gesichter mit riesengroßen Mündern, die unaufhörlich auf mich einreden. Ich versuche zu entkommen, stürze aber in den Rachen von Jannis Mutter. Mich überschlagend falle ich durchs Dunkle und lande schließlich auf einem fliegenden Teppich, an dem ich mich festkralle. Bei genauerem Hinsehen erkenne ich, dass das gar kein fliegender Teppich ist, sondern der Adresszettel, der mich durch die Nacht trägt. In rasendem Flug geht es über die Dächer von Lübeck bis an den Stadtrand. Dort wirft er mich ab und ich falle vor einem schönen, alten Haus in eine Schneewehe. Der fliegende Adresszettel entschwindet in die Nacht und ich versuche mich aus der Schneewehe herauszuwühlen. Irgendetwas muss noch unter mir im Schnee sein, denn es winselt und piepst.

Ankommen

Ich schrecke hoch. Da ist das Winseln wieder. Langsam bekomme ich die Augen auf. Diffuses Licht fällt durch die zugezogenen Vorhänge ins Zimmer. Ich blinzle auf meine Armbanduhr. Es ist schon kurz vor neun Uhr und das Geräusch kommt von Lady. Sie drängt mich zu einem ersten Morgenspaziergang.

Ich ziehe mir schnell die Sachen vom Vortag an. Wenn Lady es so eilig hat, dann wird es höchste Zeit, dass sie auf die Straße kommt.

Wieder zurück werfe ich einen Blick in den Frühstücksraum. Regina steht am Buffet und löffelt sich Rührreier auf einen Teller. Sie hebt den Blick und lächelt mir mit einem: "Es ist angerichtet", zu.

"Bei mir dauert es noch ein bisschen", sage ich.

"Kein Problem", erwidert sie. "Ich frühstücke gern und lange. Also stressen Sie sich bloß nicht."

Wieder im Zimmer bekommt Lady als erstes einen Portionsbeutel Trockenfutter und frisches Wasser in ihr Schüsselchen. Dann bekommt Frauchen eine heiß-warm-kühl-kalte Dusche und frische Sachen. Gut, dass ich nicht zu den Frauen gehöre, die jeden Morgen eine Stunde vor dem Spiegel verbringen, um sich "schön" zu machen. Ich habe nichts gegen dezentes Schminken bei anderen Frauen, aber für mich kommt so etwas nicht in Frage. Also stehe auch ich zwanzig Minuten später im Frühstücksraum. Lady muss diesmal im Zimmer bleiben.

Als ich den Raum betrete, rückt Regina ihre Frühstücksutensilien zusammen.

Auch ich bediene mich erst einmal mit Rührei. Bei den anderen schönen Sachen werde ich nachher noch zulangen. Frühstück ist für mich die wichtigste Mahlzeit des Tages.

Wir nicken uns zu wie alte Bekannte und ich kann mich erst einmal meinem Rührei zuwenden. Das schmeckt wirklich lecker, mit kleinen glasig gedünsteten Schinken- und Zwiebelwürfeln. Genauso würde ich es zu Hause auch zubereiten. Regina ist mit Vollkornbrötchen und Blauschimmelkäse beschäftigt.

"Und, wie war die Nacht? Gut geschlafen?", fragt sie mich dann, als ich die Hälfte meines Rühreis gegessen habe.

"Viel zu kurz", sage ich grinsend, "und geplagt von wüstesten Träumereien."

"Alpträume?"

"Nein, so schlimm war es zum Glück nicht. Nur

ein chaotisches Durcheinander des Erlebten."

"Kein Wunder nachdem, was Sie mir alles erzählt haben. Das würde bei anderen für mehrere Wochen reichen." Sie lacht und ich stimme ein.

Ich gehe zum Büfett und lade mir einen neuen Teller mit Vollkornbrötchen, Käse, Schinken und Butter voll. Dazu noch je einen Löffel Brombeermarmelade und Nutella in zwei Minischälchen. Nach dem Ei wird meine Reihenfolge Süßes, Herzhaftes, Herzhaftes, Süßes sein.

"Ah, noch jemand, der ein ausgedehntes, reichhaltiges Frühstück zu würdigen weiß", sagt sie, steht auf und geht selbst noch einmal zum Buffet. Eine Weile steht sie unschlüssig davor und kommt dann mit einer Apfelsine und einer Banane zurück.

Während ich mich um meine Brötchen kümmere, beginnt sie die Apfelsine zu schälen. Als sie halb fertig ist, hört sie auf, betrachtet die Frucht nachdenklich. Ich will schon fragen, ob die Apfelsine schlecht ist, da fährt sie in ihrer Tätigkeit fort.

"Ich habe ihm eine SMS geschickt, dass ich ihn nicht mehr sehen will und im Laufe des Tages zurückfahre."

Überrascht hebe ich den Blick, aber sie schaut noch immer auf ihre Apfelsine. Sie legt die Frucht auf ihren Teller, lehnt sich in ihrem Stuhl zurück und sieht mich an.

157

"Sie hatten recht. Was soll das noch. Wir haben zu unterschiedliche Meinungen. Es gibt keine Möglichkeit der Einigung. Warum also soll ich mich erneut quälen?"

"Eine weise Entscheidung", sage ich.

Sie stutzt, schaut mich unsicher blinzelnd an und lacht dann ein befreites Lachen, mit dem sie all ihre Zweifel und Grübeleien abschüttelt. Wieder stimme ich in ihr Lachen ein und es hat etwas unschuldig komlizenhaftes.

"Wann fährt Ihr Zug", frage ich.

"Um 11.10 Uhr", sagt sie und nach einem Blick auf die Uhr: "Gepackt und ausgecheckt habe ich schon. Ein bisschen Zeit ist also noch."

"Und was machen Sie? Fahren Sie heute auch wieder nach Hause?", fragt sie mich dann.

Ich zucke unbestimmt die Schultern. "Keine Ahnung. Ich lasse es auf mich zukommen und entscheide spontan. Vielleicht habe ich ja noch eine Verabredung."

Sie schaut mich forschend an. Aber auch jetzt erzähle ich nichts von dem Adresszettel. Ich habe mich selbst noch nicht entschieden und möchte nicht, dass jemand anderes mit seinen Ratschlägen meine Entscheidung beeinflusst.

"Na ja, wie auch immer, falls es Sie bei Ihren Reisen mal nach Bayreuth verschlägt, kommen Sie doch auf einen Kaffee vorbei." Sie zieht eine Visitenkarte aus ihrer Handtasche.

"Zum strahlenden Lächeln im Tiefschlaf" steht da drauf und: Regina Stober, Zahnärztin

"Aha", ziehe ich lang, "mit Zahnärzten habe ich es ja sonst nicht so. Aber ein Kaffee wäre okay. Und wenn ich im Sommer komme, dann ist das Baby schon da und ich kann ihm von meinen Abenteuern erzählen."

Wir lachen wieder. Dann steht sie auf. Ein kräftiger Händedruck, ein verständnisvolles Lächeln von beiden und ich bin allein.

Als sie wenige Minuten später mit ihrer Reisetasche die Treppe herunterkommt, schaut sie noch einmal in den Frühstücksraum, wir winken uns zu und danach bin ich wirklich allein. Und zum ersten Mal auf meiner Reise fühle ich mich auch so. Es ist also Zeit für mich.

Kurze Zeit danach stehe auch ich mit Lady und meinem Rucksack auf der Straße. Ich gehe zu den Taxis auf dem Bahnhofsvorplatz. Nachdem ich Lady, mein Gepäck und mich selbst in das Auto gezwängt habe, reiche ich dem Fahrer den Zettel. Er nickt und fährt los. Nach fünfzehn Minuten hält er vor einem Haus außerhalb von Lübeck. Das Haus ist kleiner und älter als das in meinem Traum, doch es ist schöner.

Ich bezahle und gehe mit Lady ohne Zögern die wenigen Stufen zur Eingangstür hinauf und drücke auf den Klingelknopf. Ein melodischer Ton erklingt. Die Tür wird geöffnet und Jannis strahlendes Gesicht taucht auf.

"Mami!", ruft sie nach hinten ins Haus hinein, "Lady ist da!"

Sie macht die Tür weiter auf und zwei Frauen kommen heran, eine ältere Frau, vielleicht eine Tante, und dahinter Jannis Mutter.

Die ältere Frau lächelt mich an dreht sich dann um und sagt zu Jannis Mutter: "Claudia, es ist Besuch gekommen. Wir müssen noch ein Gedeck auflegen."

"Nein, müssen wir nicht", sagt Jannis Mutter.

Leseprobe:

Die Töchter der Beginen

Gudrun Krohne

Ein mittelalterlicher Krimi

Erscheint Anfang 2018

1.Kapitel
November, im Jahre des Herrn 1350

Bis in den Rittersaal herab drangen dumpf die gequälten Schreie der Gebärenden. Kurz vor dem ersten Mittagsläuten hatten sie begonnen und kündeten nun schon den ganzen Nachmittag in mehr oder minder großen Abständen von der Not der jungen Frau, die in einem kleinen Raum im Obergeschoss um das neue Leben rang.

Die in der großen Halle versammelten Ritter und Dienstmannen des Burgherrn Hartman von Querfurt ließen sich davon nicht bei ihrem Abendmahl stören. Die auf Schragen liegenden langen Holzbretter waren mit Brot, Käse und kaltem Braten beladen. Die Knappen und Wachleute am unteren Ende der Tafel mussten sich mit Dünnbier begnügen, um das grobe Brot hinunterzuspülen. Die fünf Ritter, die am anderen Ende saßen, tranken das gute Bier aus einem der Fässer, das gestern aus Magdeborch angeliefert worden war.

Das Podest, auf dem sonst die herrschaftliche Familie speiste, war heute Abend verwaist.

Zwei Mägde eilten mit frischen Leinentüchern und einem Holzbottich voll heißen Wassers die Treppe ins obere Stockwerk hinauf.

Einer, dessen rechte Gesichtshälfte von einem Schwertstreich verunstaltet war, rief grinsend: „Erst schreien sie, wenn das Balg reinkommt und dann schreien sie, wenn's wieder rauswill." Er pulte sich einen Fleischknorpel aus den Zähnen und spie ihn in die nicht mehr ganz frischen Binsen, mit denen der Boden der Halle bedeckt war. Ein betagter Jagdhund durchstöberte die Bodenstreu sogleich nach dem Bissen.

Grölendes Gelächter am unteren Endes des Tisches war die Antwort und einer seiner Kumpane schlug dem vielleicht Fünfunddreißigjährigen auf die Schulter.

Der Burgherr weilte außerhalb der Burg. Am Morgen hatte er sich mit einem Teil seiner Ritter und deren Knappen auf die Jagd begeben. Und so taten sich seine verbliebenen Männer keinen Zwang an und kommentierten das Geschehen, das sich über ihren Häuptern zutrug, immer wieder mit einem zotigen Spruch.

„Es steht euch nicht zu, so von der jungen Verwandten unseres Herren zu sprechen. Ist doch ihr Schicksal schon schlimm genug. Ihr Ehemann ist beim Feldzug des Erzbischofs Otto gegen die Mark Brandenburg verschollen und das Kind wird schon als Halbwaise geboren."

Von Zorn und Entrüstung mit Mut versehen erhob sich ein junger Ritter und blitzte die Mannen am unteren Ende des Tisches ungehalten an. Er hatte gerade sein einundzwanzigstes Lebensjahr vollendet, war von hoher, schlanker Gestalt und einfach aber edel gekleidet. Ein silberbeschlagener Gürtel aus weichem Leder legte den dunkelblauen Bliaut in reiche Falten. Wellige, helle Haare fielen ihm bis auf die Schultern und seine braunen Augen gaben seinem Gesicht sonst etwas Weiches, Verträumtes. Jedoch lag jetzt seine Hand auf dem

Griff seines Schwertes und sein Blick war hart und abweisend.

„Lasst Euer Langschwert stecken Ritter Matthias", beschwichtigte ihn der Narbengesichtige. Und dann setzte er lachend hinzu: „Wir wissen doch alle, dass Ihr für die edle Dame nur allzu gern Euer *Kurzschwert* ziehen würdet." Und dabei machte er ein paar eindeutige Hüftbewegungen.

Wieherndes Gelächter belohnte diese Worte und Ritter Matthias zog langsam sein Schwert. Metall schliff auf Metall. Das Gelächter verstummte und alle verfolgten gespannt das Geschehen.

Eine Hand legte sich auf den Schwertarm des Ritters. Er wandte sich halb um, ließ dabei seinen Gegner jedoch nicht aus den Augen. Der machte keine Anstalten, sich zu verteidigen.

„Lasst gut sein Matthias." Hinter ihm stand der ergraute Waffenmeister. „Gero ist ein altes Schandmaul und wir wissen alle, dass in seiner Brust ein kalter Stein sitzt, dort wo andere Menschen ein Herz haben."

Matthias ließ sein Schwert zurückgleiten und setzte sich mit rötlich angehauchten Wangen wieder auf die Bank. Seine Schwertleite war erst wenige Monate her und noch immer hatte er Mühe, sich gegenüber seinen ehemaligen Knappenkumpanen dem seinem neuen Stand gebührenden Respekt zu verschaffen. Ein Knecht füllte seinen Becher mit Bier. Aber Ritter Matthias war die Lust am Trinken vergangen.

„Und warum bringt sie ihr Kind hier und nicht auf der väterlichen Burg zur Welt? Wahrscheinlich gibt es diesen Ehemann gar nicht und die da oben", Gero wies mit dem Kopf in Richtung Treppe, „hat nur einen Bastard im Bauch."

„Zügelt Eure Worte!", wies ihn der alte Waffenmeister zurecht, noch bevor Ritter Matthias ein zweites Mal auffahren konnte.

***

In dem kleinen Raum im Obergeschoss bemühte sich die Hebamme um die junge Frau, deren Kind einfach nicht kommen wollte. Sie strich sich eine graue Haarsträhne unter die saubere Haube zurück und massierte dann mit sanften, kreisenden Händen den Unterbauch der aufstöhnenden Frau. Fast schien es, als wolle das kleine Wesen den warmen, schützenden Leib der Mutter nicht verlassen, als hätte es schon eine Ahnung von Last und Mühsal des irdischen Lebens.

Obwohl das Kohlebecken in der Ecke der kleinen Stube nur noch schwach glühte und kaum die feuchte Kälte vertreiben konnte, die dieser trübe Novembertag in alle Räume der Burg getrieben hatte, klebten dunkle, nasse Haarsträhnen am Kopf der Frau, die Ritter Matthias eben mit so klaren Worten verteidigt hatte.

Die alte Amme Barbel wischte ihrer jungen Anvertrauten den Schweiß von der Stirn und redete ihr gut zu: „Adelgund, meine Liebe nur noch eine kleine Anstrengung. Bald ist es geschafft."

Hilfesuchend sah Barbel zur Hebamme. Die nickte und beugte sich wieder zwischen die Knie Adelgunds. „Ich sehe schon das Köpfchen!", rief sie und im gleichen Moment glitt das Kind in ihre

Hände, als hätte es sich, nun doch neugierig auf die Welt, anders besonnen.

Mit geübten Fingern befreite die Hebamme Mündchen und Nase des Kindes vom Schleim und gab ihm einen Klaps. Gleich darauf kündete lautes Schreien von der Entrüstung über diese Behandlung. Dann reichte sie Barbel das Kleine mit den freudlosen Worten: „Es ist ein Mädchen. Gebe Gott ihm ein Leben in Zufriedenheit und Demut." Die alte Amme schnaufte. Scheinbar hielt sie nicht viel von Zufriedenheit und Demut.

Während Barbel das kleine Mädchen säuberte und in ein weißes Leinentuch hüllte, überwachte die Wehfrau die Nachgeburt. Schließlich wies sie die Mägde an, alles fortzutragen. Sie selbst öffnete das winzige pergamentbespannte Fenster und lehnte sich etwas hinaus. „Die frische Luft wird uns allen gut tun", beschied sie der Amme, als sie deren überraschten Blick sah. Viele Menschen beargwöhnten frische Luft und glaubten gar, schädliche Miasmen würden mit einem frischen Wind in die Häuser eindringen. Die Hebamme wusste es besser.

Adelgund richtete sich etwas auf und streckte die Arme nach ihrem Kind aus. Barbel legte ihr das gewickelte Neugeborene an die Brust, wo es gierig zu saugen begann. Sein Köpfchen war von einem blonden, lockigen Flaum bedeckt, über den die junge Mutter zärtlich strich.

„Es hat die Haare vom edlen Ritter Benedict", bemerkte Barbel, woraufhin Adelgund die Lippen schmerzvoll zusammenpresste.

„Ich kann eine saubere, junge Amme aus dem Dorf zu Euch schicken", bot die Hebamme an, während sie sich in einer kleinen Schüssel im lauwarmen Wasser das Blut von den Händen wusch.

„Das wird nicht nötig sein." Von den anderen unbemerkt war die Burgherrin in das Zimmer getreten. Ihr dunkelgrünes Kleid aus erlesenem Wollstoff verziert mit Goldstickerei und Seidenborte zeugte von Wohlstand und Reichtum. Mit den Worten: „Du kannst gehen. Wir brauchen dich hier nicht mehr. Lass dir in der Küche noch etwas Brot und Suppe geben", reichte sie der Wehmutter eine kleine Münze.

Nachdem die Hebamme den Raum verlassen hatte, trat die wohledle Frau an das Bett und sah mit heruntergezogenen Mundwinkeln ablehnend auf Mutter und Kind. Ihr verkniffenes Gesicht ließ sie um Jahre älter als Ende Zwanzig erscheinen.

„Erfreue dich noch einen Tag an der Frucht deiner Unkeuschheit", stieß sie hervor. „Morgen Abend wird das Kind nach Magdeborch gebracht."

Adelgund fuhr hoch. Angstvoll riss sie die Augen auf. „Was habt Ihr mit meinem Kind vor?", rief sie besorgt. „Ich dachte, Ihr würdet es hier bei Euch aufziehen."

„Es reicht schon, dass der Bastard meines Mannes, deines Oheims, mit meinen Kindern an einem Tisch sitzen darf. Da muss ich nicht auch noch dein Balg durchfüttern. Keine Widerrede!"

Adelgund fasste ihr Kind fester. „Ich werde es nicht hergeben."

„Sei nicht albern. Nächste Woche wirst du in das Zisterzienserinnenklosters Marienstuhl eintreten. Dein Vater hat es so bestimmt und dich dort eingekauft. Willst du der Äbtissin deinen Bastard als Morgengabe in den Arm legen?" Spöttisch und hart kamen die Worte aus dem Mund der hageren Burgherrin. Dann wandte sie sich um und verließ ohne ein weiteres Wort den Raum.

Adelgund presste noch immer das Kind an sich. Verzweifelt sah sie zu Barbel. Dann richtete sie sich etwas auf, strich ihrem Mädchen liebevoll über das Köpfchen und hauchte einen Kuss darauf. Was hatte die alte Amme gesagt? „Es hat die Haare vom edlen Ritter Benedict." Benedict! Ach, hätte er sich doch nie diesem Feldzug angeschlossen. Aber was blieb einem nachgeborenen Sohn schon anderes übrig, als sich im Krieg auszuzeichnen, damit das Erzstift ihm ein eigenes Lehen geben würde. Sein älterer Bruder Arno hatte, nachdem er die väterliche Burg geerbt hatte, eindeutig klar gemacht, dass für den jüngeren Bruder dort kein Platz mehr sein würde. Auch wenn Benedict nicht mehr unter den Lebenden weilte, würde er nicht wollen, dass sie so einfach aufgab. Er würde für sein Kind kämpfen, auch wenn es nur ein Bastardkind und Mädchen war. Benedict würde jedoch nicht aus dem Krieg zurückkehren. Hätte er sich auch auf den Feldzug begeben, wenn er geahnt hätte, dass ihre eine Nacht der zärtlichen Liebe nicht ohne Folgen geblieben war?

„Barbel", flüsterte sie und zog die Amme am Arm zu sich herunter. „Versuche zu erkunden, was Clothildis vorhat."

Stumm nickte Barbel, huschte aus dem Zimmer hinaus und verharrte im dunklen Gang vor der Kammer. Noch bevor sie sich entscheiden konnte, in welcher Richtung sie nach der Burgherrin suchen sollte, hörte sie deren schroffe Stimme, mit der sie einer der Mägde anwies: „Schick nach Gero. Er soll am Fuße des Nordturms warten."

Ob das mit dem Kind ihrer Herrin zusammenhing? Gero war ein grober, herzloser Kerl und ihm wäre zuzutrauen, dass er das Kind von der Brust seiner Mutter riss. Barbel verließ durch den Kücheneingang die Burg und schlich, sich nach allen Seiten umsehend, auf einem Umweg zum Turm. Inzwischen war es völlig dunkel geworden. In großen Abständen rissen blakende Fackeln kleine Lichtinseln aus der Finsternis des Hofes. Alle Arbeiten ruhten, nur aus dem Pferdestall drang ein blasser Lichtschimmer unter der geschlossenen Tür hervor.

Trotz ihrer Mitte Vierzig war sie noch immer flink und wendig genug, um ungesehen an den Wänden des Innenhofes entlang ihr Ziel zu erreichen. Kaum war sie dort angekommen, sah sie auch schon, wie Gero im Schein der Fackeln das Haupthaus verließ und die Richtung zum Turm einschlug.

Barbel schlug die Kapuze ihres grauen Umhangs über und verbarg sich hastig hinter einem holzbeladenen Karren neben dem Eingang des Turmes. Fast unsichtbar verschmolz sie mit den Schatten der Nacht.

Gero schlenderte heran und ließ sich dann auf den Stufen nieder, die zum Wehrgang hinaufführten. Die Herrin Clothildis war noch nicht da. Aber das beunruhigte den Waffenknecht nicht. Es war nicht das erste Mal, dass ihn die Herrin hierher befahl. Meist hatte er einen Auftrag zu erfüllen, der für fremde Ohren nicht bestimmt war. Seine Verschwiegenheit und Treue erkaufte sie sich zusätzlich mit einer kleinen Münze, die Gero bei der nächsten sich bietenden Gelegenheit zu den Hübschlerinnen ins Dorf tragen würde.

Hinter dem Holzkarren veränderte Barbel ihre Stellung geringfügig, um den Rücken ein klein wenig zu strecken und damit eine bessere Sicht auf den Hof zu erhalten. Leider kam sie dabei dem Holz zu nahe und ein Scheit polterte auf den Boden. Barbel presste ihre Hand auf den Mund, um keinen Schreckenslaut daraus zu entlassen und verharrte vollkommen regungslos.

Gero schreckte hoch und wandte sich dem Wagen zu. Im gleichen Augenblick schoss eine der schwarzgrauen Katzen unter dem Karren hervor und fauchte ihn mit gebuckeltem Rücken an. Er lachte hässlich auf und wollte schon sein Messer ziehen und nach dem Tier werfen.

„Lass den Unsinn!", fuhr ihn von hinten die gebieterische Stimme seiner Herrin an. Gero wandte sich um und nahm sofort eine unterwürfige Haltung ein. Mit der Herrin wollte er es sich lieber nicht verderben. Das Katzenvieh konnte er sich auch noch bis morgen aufheben. Er hatte es erkannt. Vor zwei Wochen war es ihm gelungen, die Katze beim Messerwerfen mit dem Schwanz an die Stallwand zu nageln. Aber noch bevor er dem Schleicher den Garaus machen konnte, hatte die sich losgerissen und nur die Schwanzspitze baumelte noch an der Holzwand.

Clothildis trat noch tiefer in den Schatten des Turmes und Gero folgte ihr, sorgfältig darauf achtend, den gebührenden Abstand einzuhalten. Dabei kamen sie Barbel so nahe, dass die kaum noch zu atmen wagte und am liebsten als graue Maus unter den Karren gehuscht wäre.

„Hör mir aufmerksam zu", begann Clothildis. „Du wirst morgen zur Non nach Magdeborch reiten. Sieh zu, dass du dort ankommst, bevor die Tore geschlossen werden. Ich werde dir ein Bündel mitgeben. Verberge dich bis die Glocken Mitternacht schlagen und lege es dann vor dem Eingang zum Dom ab."

Barbel presste wieder die Faust auf den Mund, diesmal um nicht entsetzt aufzuschluchzen. Es gab für sie keinen Zweifel daran, was Gero nach Magdeborch schaffen sollte.

„Ihr wollt, dass ich in die Peststadt reite? Wenn Ihr etwas loswerden wollt, kann ich das Bündel auch einfach in die Elbe werfen", wagte Gero vorzuschlagen.

„Untersteh dich!", fuhr ihn Clothildis an. „Du bringst das Bündel *lebend* nach Magdeborch und legst es dort ab, wie ich dich angewiesen habe. Alles Weitere liegt dann in Gottes Hand."

Gero, dem sich nun langsam erschloss, was sich in diesem Bündel befinden würde, lies ein beifälliges, böses Knurren vernehmen.

„Halte dich morgen zur rechten Zeit bereit." Damit wandte sich Clothildis um und war wenige Augenblicke später in den Schatten der Nacht eingetaucht.

Gero steckte sich einen Strohhalm zwischen die Zähne und kaute nachdenklich darauf herum. Vielleicht sollte er für das Blutgeld, das er für diesen Auftrag erhielt, doch lieber ein Ablassbriefchen erstehen, anstatt es zu den Hübschlerinnen zu tragen? Noch einmal warf er einen prüfenden Blick zum Karren, zögerte kurz, schüttelte dann aber den Kopf und trottete zum Pferdestall. Ein paar Runden beim Würfeln mit den Stallburschen würden ihn von dem Wagnis morgen ablenken.

Barbel eilte zurück zur Küche, um von dort zu Adelgund zu gelangen. In der Küche wurde sie jedoch vom schroffen Ruf der Köchin aufgehalten. Abschätzend musterte die rundliche Frau mit dem fleischigen, roten Gesicht und den kräftigen Armen die Amme. Dann bewegten sich ihre Mundwinkel nach oben und Fältchen bildeten sich um ihre Augen. Ihr unerwartetes Lächeln ließ eine kleine Sonne in ihrem Gesicht aufgehen.

„Deine Herrin hat ein gesundes Mädchen geboren", sagte sie und seufzte dann kurz. Und mit den Worten: „Die edle Frau wird eine Stärkung gebrauchen können", füllte sie eine wohl riechende Hühnerbrühe mit Fleisch und Wurzelgemüse in eine Schüssel, goss duftenden Würzwein in einen Becher und reichte Barbel das Tablett. „Wenn ihr noch etwas braucht, lasst es mich wissen." Und damit nahm ihr Gesicht wieder den üblichen mürrischen Ausdruck an. Sie wandte sich um und schnauzte zwei der vielleicht zwölfjährigen Küchenmägde an, die die Gelegenheit genutzt hatten und, anstatt ihrer Arbeit nachzugehen, kichernd die Köpfe zusammensteckten.

Barbel trug das Tablett durch die Halle und wollte eben die Treppe zum Obergeschoss betreten, als sie von Clothildis aufgehalten wurde.

„Wo kommst du denn her? Solltest du nicht bei deiner Herrin sein?", fuhr die Burgherrin sie an. Misstrauisch betrachtete sie die Amme.

Die wies stumm ihr Tablett vor und schlug die Augen nieder. Sie vermied es wohlweislich, Clothildis in die Augen zu schauen. Es wäre ihr kaum gelungen, ihren Abscheu über deren Plan zu verbergen. Insgeheim sprach sie ein kurzes Gebet für die Köchin. Ohne Suppe und Wein wäre es schwergefallen, ihre Anwesenheit hier unten zu erklären.

Mit einer unwirschen Handbewegung entließ Clothildis die Amme.

Wenige Augenblicke später trug Barbel die Speisen in Adelgunds Kammer.

„Was hast du herausgefunden?", wurde sie von der jungen Frau empfangen, die ihr bang entgegensah.

„Esst erst einmal. Die Suppe wird Euch guttun und der Würzwein Eure Zuversicht stärken."

„Zuversicht?" Adelgund schob die Hand beiseite, die ihr die Suppe reichte. „Wie kann ich etwas essen, wenn ich im Ungewissen bin, welches Schicksal Clothildis für mein Kind vorgesehen hat?"

Barbel drängte ihr die Schüssel wieder auf. „Esst!" Ihre Stimme war jetzt etwas schärfer. „Ihr müsst heute Nacht und morgen Euer Kind selbst nähren. Wollt Ihr, dass es schwach und hungrig ins Leben geht?"

Widerwillig nahm Adelgund die Suppe entgegen und aß lustlos einige Löffel. Dann sah sie ihre Amme erwartungsvoll an. Die verschränkte die Arme vor der Brust. „Nicht bevor Schüssel und Becher leert sind."

Ergeben beendete Adelgund ihre Mahlzeit. Barbel wusste genau, wie weit sie bei ihrer Herrin gehen durfte. In all den Jahren seit Adelgunds Geburt waren sie nicht nur Kind und Amme und später dann Herrin und Leibmagd gewesen, sondern auch Freundinnen geworden. Als Adelgunds Mutter im Wochenbett ihrer zweiten Tochter Petronella gestorben war, zählte Adelgund knapp zwei Jahre. Ihr Vater hatte nie wieder geheiratet und so hatte Barbel die Mutterrolle bei ihr und der Schwester übernommen.

„Also, nun sprich", forderte Adelgund Barbel auf und stellte mit Nachdruck den leeren Becher auf das Tablett zurück. Sie musste zugeben, dass Suppe und Wein tatsächlich ihren Lebensmut neu entfacht hatten und die Verzagtheit ein wenig von ihr gewichen war.

Und Barbel erzählte, was sie am Turm belauscht hatte. Mit den Worten: „Gott möge unser kleines Mädchen schützen", schloss sie ihren Bericht und schlug das Kreuz.

Mit großen, entsetzten Augen hatte Adelgund ihrer Amme schweigend zugehört. Jetzt ließ sie sich mit dem Kind im Arm zurücksinken. Wo gab es Hoffnung? Wer konnte helfen? Fragend sah sie Barbel an.

„Was sollen wir nur tun?", flüsterte sie ratlos

mit zitternden Lippen.

Zögernd ließ sich Barbel auf den kleinen, drei-beinigen Holzschemel neben dem Bett nieder. Auf dem Weg vom Turm zur Kammer hatte sie ver-zweifelt über einen Ausweg nachgegrübelt. Und ein kleiner Gedanke, noch unfertig, kreiste jetzt in ihrem Kopf.

Bedächtig begann sie diesen Gedanken vor Adelgund zu spinnen.

„Die Herrin Clothildis muss die Gewissheit ha-ben, dass ihr Plan gelungen ist."

Weiter kam sie nicht.

„Bist du von Sinnen!", fuhr Adelgund sie an. „Wie kannst du auch nur daran denken, so etwas zuzulassen!"

„Hört mir erst bis zum Ende zu", beschwichtigte Barbel sie. „Gero muss ihr die Nachricht bringen, alles zu ihrer Zufriedenheit gerichtet zu haben. Nur dann wird sie nicht weiter nachforschen."

Adelgund wollte erneut aufbegehren, aber Bar-bel sprach unbeirrt weiter: „Wenn Gero Euer Kind auf den Stufen des Doms abgelegt hat, werde ich es an mich nehmen und es dorthin bringen, wo es geliebt und gut aufgezogen wird."

„Und wo soll das sein?", fragte Adelgund zwei-felnd.

Jetzt kam das Schwerste. „Das kann und will ich Euch nicht sagen. Ihr werdet bald im Kloster le-ben. Es wäre weder gut für Euch noch für das Kind, wenn Ihr wüsstet, wo es zu finden ist. Ihr müsst mir einfach vertrauen."

„Und woher willst du wissen, wohin du mein Kind bringen musst?"

178

„Ich habe eine Base in Magdeborch. Schon in jungen Jahren wurde sie Witwe. Bevor sie wieder heiratete, hat sie einige Zeit bei frommen Frauen gelebt. Dorthin werde ich Euer Kind bringen."

Noch immer unschlüssig kaute Adelgund an ihrer Unterlippe. „Und sie werden ein namenloses Kind einfach so aufnehmen? Das ist doch nicht etwa eines dieser unsäglichen Findelhäuser?"

„Nein, keineswegs", beschwichtigte Barbel sie. „Um bei den Frommen Frauen aufgenommen zu werden, muss die Frau oder das Mädchen eine Mitgift einbringen. Einen Teil davon bekommt sie zurück, wenn sie den Konvent verlässt."

„An einer Mitgift soll es nicht mangeln. Du kannst von meinem Schmuck nehmen, was du brauchst. Und vergiss dich selbst nicht dabei." Langsam schien Adelgund Gefallen an dem Gedanken zu finden. Von allen Möglichkeiten erschien ihr diese als am wenigsten schrecklich. Von frommen Frauen, die kein ewiges Gelübde band, hatte sie schon Gutes gehört, ohne jedoch Genaueres zu wissen. Dort schien ihre Tochter am besten aufgehoben

„So soll es dann sein", beschloss sie. Und dann zur Amme wieder: „Besorge mir Pergament, Tinte und Feder. Ich möchte meiner Tochter einige Zeilen mitgeben."

Barbel hatte sich mit dem Tablett schon der Tür zugewandt, als Adelgund sie noch einmal zurückrief.

„Wir werden Hilfe brauchen", sagte sie. „Du kannst nicht schon heute loslaufen, um rechtzeitig nach Magdeborch zu kommen. Clothildis würde

Verdacht schöpfen, wenn du plötzlich verschwunden bist. Jemand muss dich morgen Nachmittag in die Stadt bringen." Unschlüssig sah sie Barbel an.

Die Amme brummelte etwas vor sich hin, dann sagte sie laut: „Ich glaube, ich weiß da jemanden, der Euch gerne hilfreich beistehen würde."

Lächelnd verließ sie den Raum. Einer erfahrenen Frau wie ihr waren die verstohlen bewundernden Blicke, die Ritter Matthias der Herrin zuwarf, wenn er sich unbeobachtet wähnte, nicht verborgen geblieben. Auch hatte sie gesehen, wie er die von Gero verstümmelte Katze zum Hufschmied getragen hatte, damit der sich um das verletzte Tier kümmerte.

Während Barbel das Tablett zurück in die Küche trug, überlegte sie, wie sie Ritter Matthias ihre Bitte vortragen konnte. Schließlich war es schlecht möglich, einfach so an den Tisch der Mannsleute zu treten und den jungen Ritter um ein Gespräch zu bitten.

In der Küche herrschte große Aufregung. Eine der jungen Mägde hatte sich einen Kessel mit heißem Wasser über den Fuß gegossen und das Küchengesinde stand um das jammernde Mädchen herum und gab mehr oder minder gute Ratschläge. Die Köchin selbst legte ihr einen Lappen, den sie zuvor in kaltes Wasser getaucht hatte, über den verletzten Fuß. Sie beauftragte die andere junge Magd, sich um ihre Freundin zu kümmern und den kalten Umschlag regelmäßig zu erneuern. Dann richtete sie sich stöhnend auf und gab der Verletzten einen Klaps auf den Hinterkopf.

Aus der Halle dröhnten inzwischen die ungeduldigen Forderungen der Mannen: „Mehr Brot, mehr Fleisch!"

Die Köchin drückte Barbel, die ihr am nächsten stand, ein Brett mit kaltem Braten in die Hand. Ohne Zögern eilte diese in die Halle. Als sie das Brett neben Matthias auf den Tisch schob, raunte sie ihm ins Ohr: „Kommt bitte hinter das Backhaus."

Der junge Ritter zeigte keinerlei Reaktion. Hatte er sie nicht verstanden? Aber für einen zweiten Satz war keine Zeit mehr. Ohne noch einmal den Umweg durch die Küche zu nehmen, ging Barbel direkt zum Backhaus, das zwischen Vorratskeller und Küche im Hof gelegen war.

Lange musste sie nicht warten. Wenige Minuten später schlenderte der Ritter über den Hof und schlug schließlich den Weg zum Backhaus ein. Gleich darauf war er im Schatten hinter dem niedrigen Haus verschwunden.

„Ich will hoffen, dass du mich nicht zu einer Tändelei geladen hast." Der junge Ritter versuchte erfahren zu klingen und musterte die Amme abschätzend.

Barbel kicherte, dann wurde sie wieder ernst und enthüllte dem Ritter den Plan seiner Herrin Clothildis.

In einer ersten Regung wollte er sich abwenden, als ihm klar wurde, dass seine angebetete Adelgund tatsächlich einem Bastard das Leben geschenkt hatte. Aber dann siegte seine Zuneigung.

„Was für ein schändliches Vorhaben!", entfuhr es ihm schließlich, nachdem Barbel geendet hatte.

Aufgebracht lief er hinter dem Backhaus auf und ab. Dann hatte er einen Entschluss gefasst.

„Du hast mir das alles nicht ohne Grund erzählt. Was kann ich für euch tun?"

Barbel atmete erleichtert auf. Der junge Ritter war ihre einzige Hoffnung gewesen. Wenn er ihnen beistand, konnte sich doch noch alles zum Guten wenden.

„Um das Kind der edlen Dame zu retten, muss ich zum selben Zeitpunkt wie Gero am Dom sein. Ich werde es an mich nehmen und zu Menschen bringen, die es mit Liebe aufziehen werden."

Matthias nickte. Das erschien ihm als gottgefälliges Werk, auch wenn es sich um einen Bastard handelte.

„Und was ist mein Anteil an deinem Vorhaben?"

„Ich kann nicht schon heute loslaufen. Die Dame Clothildis könnte Verdacht schöpfen. Ich muss mich kurz vor Gero auf den Weg machen. Aber zu Fuß ist es unmöglich, rechtzeitig in Magdeborch zu sein, bevor die Tore schließen."

Matthias nickte wieder. „Ich könnte dich auf meinem Pferd bis vor das Stadttor bringen", überlegte er flüsternd. „Aber ich muss mir etwas überlegen, warum ich die Burg allein zu dieser Zeit verlasse." Und dann lauter zu Barbel: „Mir wird schon etwas einfallen. Sei eine Stunde vor der Non an der vom Blitz gespaltenen Eiche an der Straße nach Magdeborch."

Barbel nickte. Etwas beklommen war ihr doch bei dem Gedanken, morgen ihr geordnetes Leben für immer zu verlassen und sich und das Kind einer ungewissen Zukunft auszusetzen. Zwar hatte ihre Base gut von den Frommen Frauen gesprochen, aber das war schon viele Jahre her. Und ob sie wirklich ein Findelkind aufnehmen würden, war ungewiss.

Auch würde sie selbst nie hierher zurückkehren können. Für sie gab es hier nichts mehr zu tun, wenn Adelgund nächste Woche in Zisterzienserinnenklosters Marienstuhl eintrat.

Der junge Ritter nickte der Amme noch einmal zu und machte sich dann auf den Weg zurück in die Halle. Plötzlich hatte er wieder Appetit. Nun konnte er der verehrten Dame doch noch einen Dienst erweisen.

Barbel verharrte hinter dem Backhaus. Sie sollte Adelgund Pergament und Tinte besorgen. Ihres Wissens nach, war nur der Kaplan des Lesens und Schreibens kundig. Aber sie konnte ihn nicht so einfach darum bitten. Er würde wissen wollen, was eine ungebildete Amme damit wollte. Sie lugte um das Backhaus herum zur Kapelle hinüber. Der Wohnraum des Kaplans befand sich in einem kleinen seitlichen Anbau. Beim Abendmahl in der Halle hatte sie ihn nicht gesehen. Also konnte es nicht mehr lange dauern, bis er den Weg dorthin einschlug.

Und wirklich, in eben diesem Augenblick verließ der Kaplan die Kapelle und eilte zum Haupthaus.

Barbel zögerte nicht länger. Nachdem sie sich in die Kammer des Kaplans geschlichen hatte, entzündete sie rasch das Unschlittlicht auf dem grob gezimmerten Tisch und sah sich suchend um. Neben dem Licht lagen mehrere Rollen beschriebenen Pergaments. Davon konnte sie nichts nehmen. Aber im kalten Kohlebecken lag ein handtellergroßer, angekohlter Fetzen oftmals abgeschabten Pergaments. Und unter dem Tisch fand sie eine zerknickte Schreibfeder. Die würde der Kaplan sicherlich nicht vermissen. Tinte! Wie sollte sie etwas von der Tinte abzwacken? Unmöglich könnte sie das ganze Tontöpfchen entwenden. Barbel presste die Lippen zusammen. Es musste irgendwie anders gehen.

Pergament und Feder unter ihrem Umhang verbergend, machte sich Barbel auf den Rückweg. Sinnend blieb sie einen Moment stehen, dann nahm sie wieder den Weg durch die Küche. Inzwischen hatten beide jungen Mägde ihre Arbeit wieder aufgenommen. Um den Fuß der Verletzten war ein Lappen gewickelt. Mit schmerzverzogenem Gesicht stand sie am Tisch und putzte Gemüse.

Barbel wandte sich an die Köchin: „Habt Ihr noch von dem schmackhaften Holundermus? Ich glaube, etwas Frisches würde meiner Dame munden."

„Ich werde es lieber selbst holen", sagte die Köchin und griff nach einer kleinen Tonschale. „Wenn ich eines dieser faulen Dinger schicke", und sie wies mit dem Kopf auf ihre jungen Gehilfinnen. „würden die doch bloß den halben Topf selbst leerfressen."

Froh setzte Barbel kurz darauf ihren Weg zu Adelgund fort. Auf der Treppe ins Obergeschoss kam ihr der hagere Kaplan entgegen. Ob sich der

Kerl eigentlich jemals wusch? Säuerlicher Körpergeruch stieg Barbel in die Nase und sie wandte sich halb ab. Was hatte der hier oben verloren? Missmutig warf er ihr einen Seitenblick zu und schlug dann das Kreuz. Barbel grinste. Für den waren alle Weibsleute Teufel und Schlange in einem.

In der Kammer fand sie eine aufgebrachte Adelgund vor.

„Der Kaplan war eben hier und hat mein Kind getauft. Er meinte, weil es so schwach wäre, dürfe es keinen Aufschub geben. Aber mein Kind ist nicht schwach!", stieß sie hervor.

„Auf welchen Namen wurde es getauft?" Barbels Augen blitzten neugierig.

„Meine Tochter heißt Hildegard", verkündete Adelgund stolz.

Barbel nahm das Kindchen in den Arm. „Meine kleine Hildegard, wir werden dich beschützen." Sie hauchte einen sanften Kuss auf den blonden Haarflaum. Dann gab sie es Adelgund zurück.

Barbel wiegte sinnend den Kopf hin und her. „Das gehört alles zu Clothildis Plan", sagte sie schließlich. „Alle denken nun, das Kind wäre schwächlich und würde kaum zum Leben taugen. So muss Clothildis morgen nicht erklären, wo das Kind auf einmal ist, wenn es Gero genommen hat. Sie muss nur behaupten, dass es gestorben ist."

„Diese Hexe! In der Hölle soll sie brennen!" Adelgunds Augen funkelten, als würde sie Clothildis am liebsten selbst in den feurigen Abgrund stoßen. Dann atmete sie einmal tief durch. „Hast du Hilfe gefunden?", fragte sie hoffnungsvoll.

Barbel nickte. „Ich werde morgen zur rechten Zeit in der Stadt sein."

„Du willst mir nicht sagen, wer dir hilft?"

„Nein, will ich nicht."

„Es wird das beste so sein. Ich vertraue dir. Und nun gib mir das Schreibzeug."

Barbel holte Pergament, Feder und Holundermus hervor. „Mit Tinte kann ich nicht dienen. Aber das Mus sollte es auch tun."

Ein kleines Lächeln stahl sich in Adelgunds Gesicht. „Ich wusste schon immer, dass du eine Frau voller guter Einfälle bist."

***

Eine Nacht und einen halben Tag blieben Adelgund noch, um sich an der kleinen Hildegard zu erfreuen. Kurz vor der Non betrat Clothildis die Kammer und forderte das Kind von ihr. Als Adelgund deren harten, unerbittlichen Blick sah, versagte sie sich jedes Bitten und Jammern. Es hätte doch nichts genutzt.

Das Fehlen der Amme bemerkte Clothildis nicht.

Um diese Zeit saß Barbel schon hinter Ritter Matthias auf dessen Pferd und ritt in zügigem Trab gen Magdeborch. In ihrem Beutel, der mit einer festen Lederschnur an ihrem Gürtel befestigt war, führte sie den beschriebenen Pergamentfetzen und einige wertvolle Schmuckstücke Adelgunds mit sich.

Rechtzeitig vor dem Schließen der Tore trafen sie vor der Stadt ein. Matthias ließ Barbel in Sichtweite des Sudenburger Tores vom Pferd gleiten.

„Ab hier musst du dich allein durchschlagen."

Barbel nickte. Der Ritter konnte schließlich schlecht eine alte Amme auf seinem Pferd durch das Tor bringen, als wäre sie eine edle Dame.

„Habt ihr einen guten Grund gefunden, warum Ihr Euch allein von der Burg entfernt habt?" Barbel sah zum verschlossenem Gesicht des jungen Ritters hoch.

Ein kleines schalkhaftes Lächeln erhellte kurz sein Antlitz, bevor es wieder ernst wurde. „Ich äußerte den Wunsch, mich der Jagd des edlen Herrn anzuschließen. Und genau das werde ich jetzt tun."

Barbel nickte wieder. So war es dem jungen Mann erspart geblieben, eine Lüge erfinden zu müssen. Möge Gott ihm seine edle Gesinnung erhalten.

Matthias wendete sein Pferd und ritt an. Doch dann drehte er sich noch einmal um und warf ihr eine goldglänzende, schwere Münze zu.

„Gott schütze dich und das Kind."

„Gott schütze Euch auch."

Kurze Zeit darauf durchschritt Barbel das Stadttor. Niemand hielt sie auf, niemand beachtete sie. Sie führte keine Waren mit sich, für die ein Zoll erhoben werden konnte. Somit war sie für die Wachen uninteressant.

Ob Gero auch durch dieses Tor reiten würde? Sicherlich. Warum sollte er auch ein anderes Tor nutzen? Er würde sich bestimmt so schnell wie möglich seines Auftrages entledigen wollen. Es konnte nicht mehr lange dauern, bis er eintraf. Die

Dämmerung legte sich schon über das Land und bald würden die Tore schließen.

Barbel zog sich ihr Tuch tief über den Kopf und kauerte sich an einer Hauswand in der Nähe des Tores nieder. Sie wirkte nun wie eine der Bettlerinnen, die Bauern und Handwerker, die das Tor passierten, um ein Almosen bat.

Sie musste nicht lange warten. Fast hätte sie Gero nicht erkannt. Wie ein fetter Händler hockte er auf seinem Pferd. Selbstsicher ritt er auf die Wachen zu. Ein feiner Mantel spannte über seinen mächtigen Bauch. Den Mantel musste er von Clothildis haben und sein feister Wanst darunter war das Kind, das er dort versteckt hielt. Ohne anzuhalten warf er einem Wachsoldaten ein Geldstück zu und wurde von diesem sogleich durchgewunken. Achtlos ritt er an Barbel vorbei.

Kurz überlegte sie, ob sie ihm folgen sollte. Doch dann entschied sie sich dagegen. Lieber wollte sie erst erkunden, wie sie zum Dom kam und wo sich der Konvent der Frommen Frauen befand.

Sie hielt die erste beste Magd an, die ihr über den Weg lief.

„Kannst du mir den Weg zum Dom weisen?"

Die Magd beäugte sie gründlich. „Na da", sagte sie dann und wies mit ihrem schmutzigen Finger östlich an der Stadtmauer lang. „Du stehst ja fast schon in seinem Schatten. Bist wohl nicht von hier." Kopfschüttelnd setzte die Magd ihren Weg fort.

Ein kleines Lächeln stahl sich in Barbels Mundwinkel. Das ging ja besser als erwartet. Jetzt musste sie nur noch den Konvent der Frommen Frauen ausfindig machen und konnte dann, verborgen im Dunkel der Nacht, auf Gero warten.

Sie folgte den Menschen, die die Stadt betraten. Trotz der Aufregung und der Unsicherheit, die ihr das Herz beschwerten, betrachtete sie die zwei- und dreistöckigen Häuser, die sich zu beiden Seiten entlang der breiten, gepflasterten Straße aneinanderreihten. Noch nie war sie in einer Stadt gewesen. Ihr bisheriges Leben hatte sich anfangs in ihrem kleinen Dorf abgespielt. Im Alter von fünfundzwanzig Jahren war sie als Amme auf die Burg von Adelgunds Eltern gekommen. Jeden Tag satt zu essen und die kleine Kammer, die sie neben der Kemenate von Adelgunds Mutter allein bewohnen durfte, waren ihr wie das Paradies erschienen. Aber diese Stadt war noch einmal etwas ganz Anderes. Da störte auch der Unrat nicht, der sich in der Mitte der Straße häufte.

Trotz der gerade überstandenen Pest gingen die Menschen ihren alltäglichen Geschäften nach. Der Wahnsinn des Gemüts schien sich langsam zu legen. Alle hofften, dass es jetzt überstanden war, denn es hatte seit mehreren Wochen keine Neuerkrankungen mehr gegeben. In großen Kuhlen bei Rottersdorf waren die Toten notdürftig verscharrt worden. Manch ein schon Totgeglaubter war am nächsten Tag wieder herausgekrochen.

Bauern mit ihren Karren und Fuhrwerken verließen die Stadt. Sie hatten ihre Erzeugnisse auf dem Markt verkauft und sahen nun zu, dass sie noch rechtzeitig vor dem Schließen der Tore aus der Stadt kamen, um ihre umliegenden Dörfer vor

Einbruch der Dunkelheit zu erreichen. Herausgeputzte Edle auf ihren Pferden ritten achtlos durch die Menschen, die sich zu Fuß ihren Weg bahnten.

Schon bald hatte Barbel den Markt erreicht. Die meisten Stände waren bereits geschlossen oder ihre Besitzer verluden übrig gebliebene Waren auf Schürreskarren. Noch immer hingen vielerlei Gerüche nach heißem Bratfett, frischem Brot, Gewürzen und gerösteten Nüssen in der Luft.

An einer Ecke bot ein Pastetenverkäufer seine letzte schon kalte Backware zum halben Preis an. Misstrauisch betrachtete er das goldene Geldstück, das Barbel ihm hinhielt und biss prüfend darauf. Dann reichte er ihr eine fettige mit Fleisch gefüllte Pastete und dazu noch eine Handvoll kleinerer Münzen.

Langsam leerten sich die Straßen und sie musste noch, ohne aufzufallen, nach den Frommen Frauen fragen. Suchend sah sich Barbel um. Wen konnte sie um Auskunft bitten? Während sie mitten auf der Straße verharrte, stieß jemand unsanft gegen ihre linke Schulter.

„Passt doch auf", wurde sie angefahren. „Stehst mitten auf der Straße und glotzt den Himmel an."

Barbel wandte sich der unfreundlichen Stimme zu. Neben ihr stand eine derbe, vielleicht dreißig Jahre alte Frau, gekleidet in ein einfaches, dunkles Wollkleid, einen dünnen Umhang um die Schultern gelegt. Vor ihrem prallen Leib trug sie einen großen Korb gefüllt mit Wurzelgemüse und einem frischen Brot obendrauf. Und wenn Barbel ihre Nase nicht trog, dann musste sich dort auch noch ein nicht mehr ganz frischer Fisch befinden.

„Kannst du mir den Weg zum Konvent der Frommen Frauen weisen?" Barbel versuchte gleich einmal bei dieser Frau ihr Glück.

Die andere zog kurz die breite Nase kraus. Dann ging ein Flackern der Erkenntnis über ihr Gesicht.

„Ach, du meinst wohl den Beginenhof?" Die Stimme klang nicht mehr ganz so unfreundlich. „Die Frauen haben sich um die alte Beutlerin im Nachbarhaus gekümmert und ihr täglich Essen und auch hin und wieder Arzenei gebracht. Vor einigen Wochen hat sie die Pest geholt. Willst du den Beginen beitreten?"

Die andere musterte Barbel abschätzend.

Die Amme schüttelte den Kopf. „Ich habe einen Auftrag für sie", sagte sie ausweichend und hoffte, dass es nichts Falsches war.

Wieder musste Barbel einen prüfenden Blick über sich ergehen lassen. Schließlich beschrieb ihr die Frau den Weg durch die Gassen.

Ohne noch einmal fragen zu müssen, fand Barbel den Weg zu den Frommen Frauen, oder zum Beginenhof, wie die Frau vom Markt sie genannt hatte.

Zwischen Ulrichstor und Ulrichskirche unweit der westlichen Stadtmauer war das Anwesen gelegen. Eine vielleicht acht Fuß hohe Mauer aus festem Stein grenzte den Konvent zur Straße hin ab. Gleich rechts befand sich ein massives Holztor, beschlagen mit gut geölten Eisenriegeln. In das große Tor war noch eine kleinere Tür eingelassen, durch die bequem ein Mensch schreiten konnte und die wohl im Allgemeinen von den Bewohnerinnen genutzt wurde. Die Mauer zog sich gen Süden hin. Mehrere aneinandergelehnte, einstöckige, fensterlose Häuschen zeigten links neben dem Tor mit ihrer Rückseite zur Straße. Dazwischen ragte ein größeres Haus über die Mauer. Hinter einem Fenster flackerte der unruhige Schein einer Kerze. Die gesamte Front des Konvents nahm etwa siebzig Schritt ein, bevor sich rechts und links andere reinliche Häuser anschlossen. Von außen machte der Beginenhof einen gepflegten und auch sicheren Eindruck. Barbel war zufrieden. Hier würde Hildegard beschützt aufwachsen können.

Zwar häufte sich auch hier, wie überall, der Unrat in der Mitte der Straße und sandte faulige Gerüche in aller Nasen, aber zumindest die Wohnhäuser machten einen sauberen Eindruck. Die Goldgräber waren wohl in diesen Zeiten mehr damit beschäftigt, die letzten Pesttoten aus der Stadt zu schaffen und vor den Toren zu verscharren, als den alltäglichen Abfall zu beseitigen. Womöglich waren sie aber auch selbst dem Schwarzen Tod zum Opfer gefallen.

Inzwischen war es vollständig dunkel geworden. Der Mond war hinter dicken Wolken verschwunden und erste Regentropfen netzten Barbels Gesicht. Kaum noch ein Mensch war auf der Straße. Barbel musste sich eilen, um ihren Platz im Schatten des Doms einzunehmen, bevor irgendein Nachtwächter oder Stadtbüttel sie ergriff und für den Rest der Nacht festsetzte oder ihr im Kerker Schlimmeres antat. Mehrfach wäre sie um ein Haar in Haufen von Küchenabfällen und menschlichen Exkrementen ausgeglitten. Ohne Fackel war es unmöglich seinen Weg ungefährdet zu finden.

Tote Ratten und andere Tierkadaver lagen alleror-
ten auf den Straßen. Niemand kümmerte sich darum. Die Einen beteten sich in den Kirchen die
Knie wund, um Gottes Gnade in diesen Zeiten der
Not zu erflehen. Die anderen gaben sich fleischli-
chen Sünden aller Art hin in dem Glauben, das
Jüngste Gericht stände schon mit einem Fuß in der
Stadt und sie kämen ohne Zweifel sowieso ins Fe-
gefeuer.

Langsam näherte sich Barbel dem gewaltigen
Bauwerk des Doms, an dem jetzt alle Arbeit ruhte.
Noch war es nicht vollendet, aber die wuchtigen
Turmstümpfe erstreckten sich schon gen Himmel.
Barbel schlug ein Kreuz und murmelte ein kurzes
Gebet. Hier war man Gott wirklich nah.

Und hier sollte schon bald die kleine Hildegard
abgelegt werden. Barbel war sich ganz sicher, dass
der HERR ihr beistehen würde. ER konnte einfach
nicht zulassen, dass die Sünde der Mutter auf das
Kind überging. Das Kind war unschuldig an seiner unehrenhaften Geburt. Barbel bat inständig
um Beistand.

Sie schlich zum Eingang und sah sich aufmerksam um. Links neben dem Portal fand sie
eine kleine Nische, derer man erst ansichtig wurde, wenn man unmittelbar davorstand. Gerade
wollte sie sich darin verbergen, als eine krächzen-
de Stimme aus dem Dunkel heraus sie innehalten
ließ.

„Ha, du Schöne. Kommst du, um einen alten
Mann des Nachts zu wärmen? Gott wird es dir
lohnen." Grindige Finger griffen nach ihr.

„Wenn du deine Klauen nicht gleich von mir

nimmst, dann wird genau dieser Gott den Wurm zwischen deinen Beinen verdorren und abfallen lassen." Wenn es darum ging, sich aufdringliche Knechte und andere Mannsbilder vom Leib zu halten, war Barbel in ihren Worten nicht zimperlich.

Die Hand zuckte zurück. „Verfluchte Hexe!" Entrüstung klang aus der Nische.

„Halt's Maul und rück zur Seite." Barbel drängte sich in die Nische. „Es soll dein Schaden nicht sein."

Wieder griffen die Hände nach ihr. Klatschend schlug Barbel darauf, so dass der Bettler aufjammerte.

„Ruhe jetzt!" Barbel streckte ihm eine der kleinen Münzen hin, die sie von dem Pastetenbäcker erhalten hatte.

Lange musste Barbel noch warten. Auch der Bettler, mit dem sie die verborgene Nische teilte, verhielt sich jetzt ruhig. Hier ging offensichtlich etwas vor, das sich eventuell in Geld umsetzen ließ.

Schließlich schlich ein gebückter Schatten heran, der sich immer wieder sichernd umsah. Aber die Straßen waren leer und still. Nur am anderen Ende der Stadt hatten die Büttel einige späte Nachtschwärmer gestellt, denn gedämpftes Gegröle drang bis zum Dombezirk.

Der Schatten näherte sich dem Domtor bis auf Armeslänge, sah sich noch einmal um, legte ein Bündel ab und war im nächsten Augenblick von der Schwärze der Nacht verschluckt.

Barbel holte tief Luft, so als wolle sie in ein unbekanntes Wasserloch springen. Dann huschte sie aus der Nische heraus, ergriff das Bündel und tauchte ebenso schnell im Dunkel unter.

Der Bettler wischte sich über die Augen. Hatte er das eben geträumt? Aber in seiner Hand war noch die Münze, die Barbel ihm zugesteckt hatte und neben ihm der Stein noch warm vom Körper der Frau, die stundenlang neben ihm gekauert hatte. Trotzdem schüttelte er den Kopf. Das war etwas, was er lieber ganz schnell vergessen sollte. Er rollte sich wieder zusammen und grunzte kurz darauf in einem unruhigen Schlaf. Die Münze war fest in seiner Faust geborgen.

Barbel huschte mit dem Bündel durch die Straßen. Kurz hatte sie nach Hildegard geschaut, ob es ihr gut ginge. In ihrem Mund war ein kleines Tuchläppchen an dem das Mädchen saugte. Barbel schnupperte daran. Honig und Schlafmohnsaft. Kein Wunder, dass die Kleine so still war. Barbel schleuderte das Läppchen in den Straßenschmutz, der vom Regen in schlammige Lachen verwandelt wurde.

Den Weg zum Beginenkonvent hatte sie sich fest eingeprägt. Schon bald stand sie dem Konventseingang gegenüber auf der anderen Straßenseite und barg sich in der Toreinfahrt des dortigen Anwesens. Den Pergamentfetzen mit Adelgunds Bitte um die Aufnahme ihrer Tochter Hildegard und den Schmuck steckte Barbel mit in die Kinderdecke. Beim Schmuck zögerte sie kurz. Sollte sie nicht wenigstens den kleinsten Ring Adelgunds für ihre eigene Sicherheit behalten? Nein, der Schmuck gehörte Hildegard. Und sie selbst

195

hatte ja immer noch den Rest von Ritter Matthias'
Münze. Und ihre Base musste noch irgendwo hier
leben. Vielleicht fand sie dort Aufnahme.

Noch einmal herzte sie das Kind inniglich,
sprach mit ihm in beruhigenden Lauten der Klein-
kindersprache und empfahl die kleine Hildegard
der heiligen Brigida, der Schutzpatronin der Kinder.

Ohne weiter zu zögern, überquerte sie mit wenigen entschlossenen Schritten die Straße, legte das
Kinderbündel vor dem Tor der Beginen ab und
lauschte noch einmal in das Dunkel der Gasse.
Dann schlug sie kräftig den Türklopfer und
huschte im selben Augenblick mit gebeugtem Rücken zur gegenüberliegenden Toreinfahrt zurück,
in deren tiefen Schatten sie sich erneut barg. Als
kurz darauf eine der Frommen Frauen die Tür des
Konvents öffnete, erstaunt das wimmernde Bündel aufnahm, einen suchenden Blick in die Gasse
sandte und gleich darauf mit dem Kind im Inneren des Hauses verschwand, presste die Amme
die Knöchel ihrer Faust in den Mund, um nicht
laut aufzuschluchzen.

Als sich Barbel wieder der Stadt zuwandte, wu-
schen die Sturzbäche des Regens die Tränen von
ihren Wangen.